うちあけ話

ポール・コンスタン 著
藪崎利美 訳

Paule Constant

Confidence pour confidence

traduit en japonais par
Toshimi Yabuzaki

人文書院

ギュスタフに捧ぐ

私にはいまも少女のようなところがある。
トーベ・ディトレウセン

うちあけ話

1

カンザスの春はまばゆいほどに美しい。明るく、きらめき、凍てついた夜明け。薄紫の空に薔薇色のむらくもが湧いている。舞い落ちながら青みを帯びる湿ったちりや、光を浴びてきらきら輝く花粉が風に運ばれ、むらくもは金色のまだら模様をなしている。そのすべてに幸せが満ち、子供の頃にかえったように心がなごむ。真っ赤に燃える沙漠の夜明けのようだ。オーロラはロックのかかった窓の内側に佇んだまま、心のなかでつぶやいた。霞が立ちのぼる雨後のサヴァンナさながら、すべてが光り、輝き、すべてが燃える、真っ赤に。アフリカだ、私たちはアメリカに来ているというのに！　彼女は歓びに身を震わせた。

アメリカの心臓が、この木造家屋の裏側の四角い芝生の庭の真ん中に立つ一本の木の内部で脈打っていた。名前は思い出せないが、その木は枝もたわわに薔薇色の花をつけ、大きなリスが駆けまわるたびに小刻みに揺れている。まばゆい空を、大きく広げた真紅のつばさが横切ったかと思うと、こずえに止まった。ショウジョウコウカンチョウだった。オーロラの心のなかで喜びが爆発した。それは遠い昔、幼い少女だった頃すでに味わった感覚そのものであった。彼女は新しい生活に胸をときめかせ、呪文を唱えるかのようにアメリカ、アメリカ、と繰り返しながら、まだ名前が思い出せないその木を眺めていた。リスが枝から枝へ飛び移り、ショウジョウコウカンチョウは長い、真っ赤な尾を風にたなびかせている。

窓を開けることはできなかった。二重ガラスのその窓は、エアコンやコーヒーメーカー、洗濯機、それにこの家のあるじ、グロリアのパソコン同様、コンピューターでロックされていた。一階に下りれば外に出られるかも知れない。台所の扉は蚊よけに金網を張っただけの簡単な羽目板のはずだとオーロラは思った。しかしコンピューターはその網戸をもロックしていた。台所の窓からは、玄関前に、もう一方の四角い芝生の庭が見えた。道路をはさんだ向かい側は、鏡にうつしたようにこの家と同じ木造家屋だったが、そちらは教会になっていた。庭には、ようやく名前を思い出したハナズオウの木が、異常にふくらんだ満開の花の重みでしなっていた。リスが芝生の庭を駆け、ショウジョウコウカンチョウが木のてっぺんに止まると、花が酔ったかのようにうねりはじめた。一軒に一本、ハナズオウの木が鎮座し、ショウジョウコウカンチョウが一羽、樹液に酔い、香りに酔い、蜜に酔って、もはや自分が空から来たのか、大地から来たのかわからなくなり、急降下しては、庭の木と同じように薔薇色にふくらんだむらくものなかへ消えてゆく。オーロラは部屋に戻った。

どこへ行っても、彼女には子供部屋があてがわれた。客間や居間のソファーだったためしがない。誰かの家に泊まるときはいつもマットレスに過去の生々しい匂いがぬぐいようもなく残っている、幅の狭いベッドがお決まりだった。グロリアの娘、クリスタルのベッドもやはり嫌な匂いがした。部屋は薄汚く、友人が次つぎに押しかけては先客を追い出して泊まっていったかのように、いかにも間に合わせだった。小さな花柄の壁紙には、一枚目にはウォルト・ディズニーのポスターが貼られ、その上から馬の雑誌の見開きページがベッドの枕元あたりにセロハンテープでとめてある。最近のものらしいのは、等身大のジェームズ・ディーンとマリリン・モンローのモノクロ・ポスター。
　ジェームズ・ディーンは、ぺたぺたとシールを貼った白木の勉強机の上でふくれ面をしている。カワイイ！という書き込みがある。この言葉は感傷的な小娘にかかると、何にでもむやみに当てはめ、赤ん坊や、動物、窓に垂れ下がるカーテンのフリルや、死ぬほど麻薬中毒にかかっていたジェームズ・ディーンにさえ使われるのだ。ジェームズ・ディーンの仏頂面の横に書き込まれたカワイイという言葉は、クリスタルが多感な年頃で、すでに男性に興味がある証《あかし》だった。通気孔の上で高く舞い上がるスカートをおさえるマリリン・モンロー、彼女はクリスタルの理想の女性なのだろう。

　思春期の頃は、オーロラだって、当時の人気女優に興味津々だった。女子高のクラスメートたちが寄宿舎に雑誌『パリ・マッチ』を持ち込んでいた。表紙はローラ・ドールの写真だった。これ、あなたでしょ？　さあ、白状しちゃいなさいよ、この写真、あなたでしょう！　とクラスメートたちはオーロラにせめ寄った。このとき突如として、オーロラは微笑にしても、まなざしにしても、それまで思いもよらなかったことに、自分はとても綺麗なのだと知らされたのだった。少しひどい格好だけど、これあなたよね！　少しひどい格好？　そういえば、表紙のローラ・ドールは当時のヤング向けデザイナー、ド・ランプラー嬢のドレスを着ていた。首元が大きく開いた四角い襟刳り、白いオーガンディー、そして真珠のような微笑。

オーロラの周りでは、女優はまともな職業とは見なされていなかった。踊り子はまだしも大目に見られた。鉄のような規律に耐え、厳しい訓練を重ねるからだ。古典劇の役者も、長く、むずかしいせりふがあれば、それなりに認められた。しかし自分の姿をさらけだすだけの女優やモデルは、ばかな女として軽蔑された。本名を伏せ、芸名を使うのはそのためだ。

作家も同じだわ、私のような、とオーロラは思った。最初の本を出そうとしたとき、ミミ伯母は彼女が本名で出版するのを望まなかった。オーロラはいろんな人たちに何かいいペン・ネームはないかと訊ねていた。ある著名な作家が自分の別荘の名前を提供したいといってきた。彼女は援助交際をほのめかすその申し出を辞退した。

そんなことがあって、彼女は名前も、苗字も、素性もすべてを変えた。その日の新聞の死亡欄からオーロラ・アメールという享年八十八歳の女性の名前を選んだのだった。それは共同墓地に埋葬される哀れな老女の名前だった。彼女はこのペン・ネーム、とくにオーロラという名前に馴染めず、人に呼ばれても返事するのをためらい、活字になってもピンとこなかった。小説家が深く考えないでつけた登場人物の名前と同じように嘘っぽくてならなかった。本もあまり売れず、彼女は本名でない苗字と名前のまま、存在しないも同然に葬られていた。

クラスメートたちはオーロラのことをローラ・ドールだといってきかなかった。ローラ・ドールはじつは本名でデビューした最初の女優のひとりであったのだが、クラスメートたちはオーロラがまだオーロラではなく、ジュジュの愛称で呼ばれる女生徒に過ぎなかったにもかかわらず、ローラ・ドールという名前はジュジュの私生活を守るための芸名なのだと信じ込んでいた。彼女たちの学校生活にはあまりにもロマンチックな要素が欠けていたので、寄宿舎全体がこの話に夢中になった。通いの女生徒たちもあらゆる映画雑誌を持ち込んでは話題を盛り上げた。もちろん歳を重ねた今となっては、同窓生たちも自分の子供たちに向かって、ママは絶世の美人でスキャンダラスな女優のローラ・ドールと同じクラスだったのよと自慢するほうが、うさんくさい思いでしか読まなかったオーロラ・アメールという作家と同じクラスだったの、なんていうより楽しいに決まっている。

オーロラは本気でローラ・ドールを演じていた。それは文字通り刺激的だった。見破られる危険すれすれに、バカロレアの口頭試問でも、大勢の寄宿舎仲間にはやしたてられ、ローラ・ドールの振りをした。髪の毛を短く刈り込んだ試験官の若い男性教師は『映画手帖』の熱心な購読者だった。教師は質問した。失礼ですが、もしやあなたは女優のローラ・ドールさんではありませんか？　オーロラは大きな瞳で試験官の目をじっと見つめ返し、今やクラスじゅうが真似ている薔薇色の真珠のような微笑をして見せた。写真よりずっと若いぞ、と教師は胸を躍らせた。グラビアのローラ・ドールは化粧のせいで老けて見えるのだ。それにノルウェー人にしてはほとんどなまりのないフランス語をしゃべっている。好みとしてはもっと金髪であって欲しかったが、髪の毛なんか化粧と同じで、どうにでもなる。口頭試問が終わったとき、教師はすっかり心を奪われ、極度に興奮していた。なんたってローラ・ドールですよ、プリーツ・スカート姿のローラ・ドールが目の前に現われてごらんなさい、寄宿生のような若さではちきれんばかりでしたよ！

将来何になりたいの、とミミ伯母に訊かれたとき、オーロラは映画女優になりたいと答える勇気がなかった。五、六歳年上のローラ・ドールは、多かれ少なかれ彼女の進路にヒントを与えてくれる存在であったし、常に変わらぬ手本であった。当時ローラ・ドールの人気はうなぎのぼりで、誰もが話題にしていた。ミミ伯母も例外ではなく、可愛い姪がこの大女優に似ていることを認め、内心まんざらでもないと思っていたが、それはたんに容姿だけのことで、スキャンダルの汚名を着せられないことに安堵していた。そのころ、ローラは白黒テレビで人気絶頂のポピュラー歌手と結婚していた。彼は弱音器をつけたトランペットを手に、ウエイターのような上着姿で、からだを揺すりマンボを踊っていたが、そのあいだに馬鹿なローラはメロメロに酔って、南仏プロヴァンスのエステレル山地の崖っ縁の道で交通事故を起こした。ウイスキー・ボトルを片手に運転していたのだ。

オーロラは慎重にローラの陰に隠れていた。ローラと似ていることを誇示するのを好まず、人の想像に任せていた。自分がローラでないことはよくわかっていた。しかしローラという名前にあまりにもとらわれていたため、オーロラ・アメールという自分のペン・ネームにどうしても馴染めなかった。ローラに絶えずつきまとっていた悪評さえなかったなら、オーロラは最初の何冊かをローラ・ドールの名前で出版することもありえただろう。ローラ・ドールは彼女自身以上に、オーロラの心のなかで、オーロラとともに、生きていた。まるでオーロラが自分の小説の中心人物としてローラを作り出したかのようだった。

マリリン・モンローの白いスカートは部屋のドアいっぱいに広がっていた。オーロラはマリリン・モンローを魅力的だと思ったことがなかった。人気絶頂の頃でも、もはや若くない、時代遅れの女優だとみなしていた。ジーン・セバーグやアンナ・カリーナ、その他、モンローと同世代の若い女優たちのほうがはるかに綺麗だと思っていた。きつく締めつけたウエスト、丸いお腹、肉づきのよい膝、豊か過ぎる胸をしたマリリン・モンローは、フランスじゅうに流行させたネイビーブルーの可愛いセーターを着た、胸のないローラ・ドールより千倍も魅力に欠けていた。

それでもグロリアの娘、クリスタルは、若い女の子たちのあいだで再びそのファッションや髪形が流行っているローラ・ドールのような女性よりも、生きていれば祖母の歳になるマリリン・モンローのような女性のほうが好きだった。クリスタルはローラを知っていた。この年増の酔っ払いは、毎年、母親のフェミニズム・シンポジウムで自分を見世物にしている。一方、マリリン・モンローはその死によってはかない若さを人々の心に永遠に焼きつけているのだ。

2

　最初、ローラは何ともなかった。やがて、からだじゅうに痛みが走った。首が痛く、脚はむずがゆくなり、お腹が張った。そして吐き気がした。目を開けるとめまいがして、頭がふらふらし、悲鳴を上げた。彼女は付添人の力強い腕に抱かれ、マットレスの上に寝かされた。三人称で自分のことをしゃべる声が聞こえてくる。場所によって、彼女は貴婦人扱いされたり、アル中か、アル中による譫妄《せんもう》患者にされたり、あるいは死体公示所のように番号がつけられたりした。もはや名前で呼ばれることはなかった。ところがもったいぶった医師たちは、まるで彼女がフランスのローラ・ドール嬢ファンクラブの会員ででもあるかのように、嬉々としてローラ・ドールの名前を口にした。夜間、救急で呼ばれると、自分たちの職業こそ彼女の伝説にふさわしいのだと気をよくし、処方箋の上にためらわず、ローラ・ドールと書き込んだ。彼女が治療に通う病院の看護師は、診察室のドアを開けながら、ドール夫人と呼ぶが、ローラがあまりの苦しさに我慢できないでいると、どうしていいかわからなくなり、ローラ、ローラと髪の毛をさすって、なだめるのだった。

　ローラが出演した最後のほうの映画の撮影に付き添ったエネルギー療法士は、彼女に大きな声を張りあげて体内の毒素を取り除く絶叫療法を教えた。まず体内のあらゆる繊維状組織のなかに石灰化した痛みがないかを突き止めるためにあえぎ続ける。石灰化による痛みをそのままにしておくと癌になるという。次にそれらをみぞおちに集めて一気に吐き出すために、途方もなく大きな叫び声を上げる。体内が空っぽになると、力まずに、再び撮影に入ることができた。

　ローラにまだ男がいた頃のある朝、資産家の愛人のそばで目を覚まし、一連のあえぎのあと、例によってすさまじいばかりに絶叫したことがあった。動転した愛人は、ローラが死ぬのではないかと恐れおののいた。恥ずかしいわ、よりによってあなたの前で、とローラは深呼吸をしながらいった。しかし愛人はさっと起き上がるや、一目散にローラの前から姿を消した。エレベーターの前に立って気がふれたように、何度もボタンを押し続けたが、そのあいだもローラは口を開け、うなっていた。ドアや壁で仕切られているにもかかわらず、彼女の絶叫は突き刺すように響き、彼はエレベーターを待っていられず、階段をかけ降りた。大通りに出ると、激しい交通量とニューヨークの街の喧騒、パトカーや救急車のサイレンが、今しがた逃れてきた絶叫のようにこだました。

　ローラは何かにつけて叫ぶようになった。栓がきちんと差し込まれていない葡萄酒の瓶で手がすべったといっては叫び、酒屋が閉まっているといっては叫び、好みの色でサイズの合うブラジャーを売り子が見つけてこないといっては叫び、美容師が髪の毛を引っ張ったといっては叫んだ。夜になれば電気をつけるのと同じくらい何でもないことのために、聞こえよがしに叫ぶのだった。

　彼女はここグロリアの家でも絶叫しようとしていた。彼女はミドルウエイが嫌いだった。この上なく荒涼として平坦なとらえどころのない広大な麦畑の真ん中にある人里離れたこの田舎町にはじめてたどり着いたとき、ローラはこの町の野球場の観覧席をゴルゴタの丘かと見まがった。ロサンジェルスとニューヨークのちょうど中間にあるここミドルウエイは、アメリカのどの文化圏にも属さず、既存の支配的文化を否定する野暮で滑稽なカウンター・カルチャーを生み出していた。ある事情通の映画監督が作品のひとつにこのミドルウエイを舞台にしたが、それはここが「世界中で最もロマネスクでない場所」だったからだという。それ以来、テレビのシリーズもので、ミドルウエイ出身のお笑いが大爆笑を博すようになった。オハイオ州やウイスコンシン州のさびれた場所では、カンザス州ミドルウエイというだけでお腹をかかえて笑えるのだった。ローラも冷静なときは、自分がミドルウエイへ通うのは、そこが「この世で最もロマネスクでない場所」だからだと思って欲しかった。彼女は自分がB級映画のエキストラをしていると思われているのではないかと強く感じていた。

私をホテルに泊めないでね、見渡す限り大平原しか見下ろせないヒルトン・ホテルは嫌よ。ローラは電話で懇願した。グロリアは彼女に、私の部屋に泊まってもらうから大丈夫よ、と安心させていた。ローラは部屋に入ってトランクを開けるや、自分はほんとうにひとりぼっちなのに誰も構ってくれない、と叫び始めた。道路を隔てた向かいのバプテスト教会に集う信者たちは不安にかられた。フェミニストの家で誰かが拷問にかけられているのではないかと。

私の家にいるあいだは絶叫しないでね、クリスタルが怖がるから。グロリアはローラに念を押した。ローラは一瞬、クリスタルという名前を、血色のいい、十三歳になる混血児の顔にあてはめることができなかった。クリスタルは真夜中のローラの絶叫が怖いことを口実に、母親の会議中、家から避難するという。母親の友人たちに向かって、自分はマリリン・モンローみたいに三十六歳になったら自殺するから、と彼女たち全員がとっくにその年齢を超えていることに気づかせながら、いっておかなくちゃあとばかりに、ママたちみたいにしがみついてばっかり、哀れだわと捨てぜりふを吐いて出て行こうとした。

「しがみつく、しがみつくって、それ、どういう意味なの。説明しなさい」

問いつめたのはバベット・コーエンだった。グロリアの無二の親友で、ミッシング・H大学でのフェミニズム研究は二十年に及び、若い学生たちとのあいだに稀に見る信頼関係を築くことに成功し、学生たちが意図的に曖昧にしていた点でもすべて彼ら自身の言葉ではっきりいわせることができると確信していた。

「おばさんたちって、年増だし、醜いじゃないの」目に涙を浮かべ、クリスタルは答えた。

この少女を一人前の女性として扱い、自分たちの研究会に引き入れようと考えていた女性たちは、クリスタルが町の南部地域にある映写技師の父親の実家に避難したことを知り、安堵した。いくら友人でも、娘さんの学校の成績まで根ほり葉ほり聞くもんじゃないわ。ほんのお付き合いまでにしておかなくちゃあ。

「それじゃ、もう絶叫していいの？」ローラが訊いた。

「駄目よ」グロリアは反論した。

「どうして？」

「オーロラがいるから」

オーロラをホラー（恐怖）と聞き違えたローラは、一瞬、たじろいだ。

「知っているでしょ、あの作家。ほら、あなたがシンポジウムで朗読した小説の著者よ」とグロリアは説明した。

「彼女、カナダ人なの？」

ローラはまだホラーという言葉にこだわっていた。

「いいえ、フランス人よ」

「ああ、向かいの部屋に泊まっている若い女性ね。私が絶叫したからって彼女に何の害も与えないでしょう。彼女、絶叫しないの？　あんな小説を書いていながら、絶叫しないの？」

「しないわ」とグロリア。

この家は満員なのだ、とローラは思った。ドアの向こうにはホラーが泊まっている。だから絶叫してはいけないのだ。

「それじゃ、吐いちゃうわよ」とローラはおどした。

「吐きなさい、私が掃除してあげるから」グロリアは答えた。

その朝、ローラはからだじゅうに痛みを感じた。脚も、腕も、胃までひりひり痛くなり、吐き気がして、嘔吐した。そして開いた口から叫び声がもれた。その大きな叫び声に向かいの教会の牧師が目を覚ました。牧師はこの復活祭の日曜日、新しく洗礼を受ける信者たちが、悪魔を追い出し、虚栄や悪行に走らないことを誓うために発する叫びに思いを巡らせた。

3

七時半、コンピューターが起動し始めた。グロリアのパソコンの画面がぱっと明るくなり、鼻うたのような音楽が鳴り出したかと思うと、留守番電話と同じあの陳腐な「エリーゼのために」の最初の数小節が流れた。画面に「グロリア、今日も楽しい一日を！」という大きな文字が現われた。グ・ロ・リ・アの四文字は彼女の願いに沿ってフランス風にとあらゆる方向に向けられ、iの代わりにyと表記して良きフェミニズム時代にふさわしくとの工夫なのか、とにかく独創性をねらっている。グロリアという文字の周りにハートが散りばめられ、画面いっぱいになると、吹き出しに早変わりしてスプラッシュ画面が現われた。

同時に、地下室では、洗濯機に水が入っていた。もしもグロリアが普通の泡ではなく、ハートの泡の出る洗剤を見つけていたならば、大学に入ったばかりの女の子たちが宿題の文章にiの文字を探しては、あたまの付点の代わりに、花模様やハートのマークをつけたり、コーヒーに浸して食べる揚げ菓子みたいに大きな輪を描いて幼稚な模様を散りばめたりするように、洗濯機も薔薇色の幸福感あふれるハートの泡を噴き出していたに違いない。ガレージの戸が開き、網戸が窓から離れ、コーヒーメーカーが作動し始めた。そしてそれらすべての音をかき消すエアコンのシューという音は家の脈拍さながらであった。これは段取りの問題なの、とグロリアは自慢げにいう。しかし点火タイマーのエラーから、洗面台の片隅でカールごてが勝手に熱くなり、火事になったこともある。

昨夜は仕事部屋のソファーベッドでカバーを外すのも面倒で寝入ってしまったグロリアは、朝、疲れがとれないまま目覚めたが、幸せだった。シンポジウムが終わるといつもするように、会議に付きものの偶発事項やトラブルをひとつひとつ見直していった。今回はむしろうまくいったほうだ。綿密な計画のもと、窮屈な予算ではあったが、想定通り、参加者たちがますます他の会議に引っ張られる状況にあったにもかかわらず、参加者数は増えていた。グロリアの手の内にはローラ・ドールという切り札があった。ローラはプログラムに組み入れられている作家たちの作品を朗読した。

ローラの声には誰もがあらがえなかった。グロリアは何年か前、ニューヨーク大学フランス文学部のカクテル・パーティーではじめてローラに出逢ったときの衝撃を覚えている。立食テーブルに近づこうとしたとき、崇高なまでに愛らしい彼女の声に釘付けになったのだ。それは学生時代、上映開始後に飛び込んだ映画館の廊下や階段の片隅で案内嬢が来るのを待ちながら、すでに聞こえてくる大好きな女優の愛しい声に夢中になったときのようだった。ハムはメロンとではなく、いちじくといっしょに食べると美味しいのよ、とくに青いメロンや甘いスイカとは合わないわ、というその声は、グロリアにとって現代文学のすべて、そしてヨーロッパ映画のすべてを彷彿させるに充分だった。むしろ充分すぎるくらいだった。

もしも何か、文学の他に、たぶん文学以上に、グロリアをフランス人の気分にさせてくれるもの、いや、フランス人のような振る舞いをさせてくれるものがあるとすれば、それは六〇年代の映画だった。そしてその代表的な存在といえば、ノルウェー人のローラ・ドールをおいては他にない。ローラは映画に魔法をかけていた。ローラが口を開けるや、その忘れえないアクセントでもって、どんなせりふもまるでローラ自身の言葉であるかのように強い印象を与えるのだった。ローラが振り向いた。口元からはあのときと同じ声が発せられたが、グロリアは自分の目を信じることができなかった。

ローラは顔に痛々しいアルコール中毒の跡を留めていた。紫がかった鉛色の顔面はやけどの痕《あと》のように、壊死《えし》した皮膚が灰色の肌のくぼみのなかで盛り上がっていた。かつてアルコール中毒でからだが太ってむくんだ後、極端に痩せて、今や悪液質で全身が衰弱し、青ざめている。どこの美容整形医からも見放され、どこの内科医からも顧みられなくなっていた。それでもローラは不思議な力で不死鳥のようによみがえった。行く先々で腎臓を、胆嚢を、胃の端を切り取られながら、美声を響かせ、輝き続けていた。アルコール中毒というおぞましい噂にもかかわらず、それでも敢えて近づこうとする人たちはそんなローラに感嘆するのだった。

ローラ・ドールの側からいうと、彼女が最初に気づいたのは、自分に対するグロリアのまなざしだった。そこには狂おしいまでの優しさ、涙に濡れた感情、目がくらみそうな、感謝の気持ちでいっぱいの微笑があった。ローラはかつて同じ微笑を目にしていた。それは彼女をうやうやしく取り巻く女性ファンたちの微笑だった。あの頃はファンたちの緊張を解きほぐそうと、自分から進んでファンたちに近づき、あなたたちが大好きよと声をかけたものだった。次に気づいたのは、グロリアが年齢不詳で、その場にそぐわない女中のような格好をしていることだった。最後に、ようやくのことに、グロリアが黒人であることに気がついた。ローラにも公民権運動に加担した時期があり、搾取された少数派たちを支持する著名人のひとりだった。彼女はグロリアが男性たちの犠牲者であり、アメリカの犠牲者であることを感じ取った。そして彼女に近づき、古い昔からの友人であるかのように彼女を抱きしめた。

表面上とは裏腹に、ニューヨークのこのカクテル・パーティーでは、ローラがグロリアを救ったのではなく、グロリアがローラに窮地から脱する最後のチャンスを与えたのだった。というのも、その日、気取ってしゃべる知識人女性たちのあいだであまりに場違いな背の低いグロリアは、四十代後半でずんぐりしてはいたが、地味な黒いドレスをまとった、痩せて貧弱な胸をした招待客たちの真ん中で、強烈な存在感を示していた。ミドルウエイ、カンザス大学のグロリア・パターは外国語学部部長の地位にあり、いくつものフランス語圏組織の委員長も兼任していたが、六〇年代のフランス映画を紹介するニューヨークの文化活動にも出資していた。ロサンジェルスからニューヨークまで、グロリア・パターに一目置かない人はいなかった。彼女には似合わないひなげしのような真っ赤な七分丈のコートや、すでに白髪混じりの髪の毛をうしろで束ねたお気に入りのチュール、安物の長いイヤリング、それらは広報担当に勧められたものだった。

ニューヨークで出逢って以来、ローラはグロリアの企画するほとんどすべてのフェミニズム行事に参加し、とりわけミドルウエイのシンポジウムには欠かさず名を連ね、会議の呼び物となっていた。多かれ少なかれアメリカに根を下ろしていたローラは、大学から大学をまわって、女性作家の手になるテクストを朗読した。男性作家はただひとり、聴衆に受け入れられていたグラン・オラクルの作品を少し取り上げた。グラン・オラクルはフェミニズム運動を支持していた。ローラは同じ口調、同じ声で朗読した。その昔ファッションを流行させたときと同じように、内容を理解しないで朗読した。テクストの意味をわかろうとはせず、ただ口の体操のように読んでいた。

グロリアはオーロラがフランス人作家だということでその小説を読み始めたところ、アフリカが語られているのでオーロラをあがめるようになったが、実際に彼女と知り合いになるまでは牧歌的なものだった。アメリカ人になりきっていたグロリアは、祖先の地、アフリカを夢見ながらも、アフリカを知らなかった。アフリカに行く勇気もなかった。彼女のなかではアメリカ人としての部分が優勢で、想像をかきたてるアフリカの広大な黒い大地に対してなすすべを持っていなかった。オーロラにとっては、アフリカは生まれ故郷であり、彼女の感じる色彩の幅、匂いの広がりに決定的な影響を与えていた。

ある旅行中、グロリアはいつもの無遠慮な行動の一環で、オーロラの後をつけ、彼女がパリで住んでいる一間のアパルトマンに押しかけた。彼女は無理矢理ドアを開けたが、唖然として口を開けたままのオーロラに阻止され、敷居をまたぐことができなかった。グロリアはこれまでどんなときにもオーロラが黒人でないかも知れないなどとは思ったこともなかったが、なんとオーロラは正真正銘の白人であった。ブロンドの女性によくある、年齢とともに透明に近づいてゆく白人だった。グロリアはフェミニズム研究グループのなかにアフリカ文学研究会を立ち上げ、オーロラを「アフリカの女流作家」として招聘し、オーロラもアメリカは一種アフリカのような国だと納得、両者の夢が結びついたのだった。学生たちも何ら異議を唱えることはなかった。

ミドルウエイで、グロリアは再びオーロラに少女のような一目惚れをした。オーロラはローラ・ドールを知的にしたような尊敬に値する女性であり、自分が映画より上位に置いている文学作品の著者であり、しかもアフリカ生まれのアフリカ育ちだ。この作家は優美で、どこか現実離れした、放浪者のような雰囲気をたたえている。空に引っ張られるのを紐で捕まえているうちはいいが、手を放せば、すっと飛んで消えてゆく風船のようだ。あの女性は、私がちゃんとつかまえておかなくちゃ！　これはグロリアが一方的に結んだ二人の関係を見事に表わしていた。

参加者の作家にはヒルトン・ホテルが予約されていたが、オーロラに夢中になったグロリアは前もって彼女に告げていた。あなたは私の家に泊まってちょうだい、あなたには私の娘の部屋を空けておいたから、と。そしてこれがパリ－シカゴ、シカゴ－ミドルウエイ間の旅費を現金で手にしたばかりのオーロラにとってさほど大きな喜びでないことを見てとると、グロリアは、たくさんの研究発表、しかも最も優れたいくつかの研究発表が彼女の作品をテーマにしていることを伝えた。バベット・コーエンもオーロラ作品におけるテクストの相互関連性について発表しようとしていた。グロリアの家に泊まることに対してオーロラがいつまでも慎重に構えるので、グロリアはローラ・ドールが彼女の最新作を朗読することを告げた。それに私、あなたの作品の翻訳を始めたの、とすばらしいニュースを投げかけた。とつぜん作家のまなざしに希望の光が輝いた。だけど翻訳ってそれほど易しいものじゃないのよ、とグロリアは立て続けにいった。私はむしろ抄訳を考えているの。

このことについてはいずれゆっくり話さなくちゃならないわね。

オーロラは当惑したようだった。グロリアは彼女を納得させようと、彼女の希望にそって動物園長とアポを取っておいたから、そちらのほうでも楽しいサプライズがあるはずよといった。「フェミニズム研究」に参加したついでに動物園を見学したいなんて言い出す作家はオーロラがはじめてだった。

ちょうどそのとき、コンピューターの画面が一連のおどけた動きを終え、大きな幸せと小さな喜び、どちらがいいですかと質問してきた。グロリアは大きな幸せをクリックした。複雑な操作をしながら、コード名、彼女の生年月日、娘の名前の最初の三文字、夫の名前の最後の二文字を入力してホームページを開くと、ニューヨークの有名な出版社の装丁を真似た小説の表紙が現れた。グロリアは息をこらえて、読んだ。

グロリア・パター著

『アフリカの女』

4

静かに水を温めていた洗濯機が洗いの段階に入っていた。小刻みにげっぷげっぷと音を立てながらタンクの底から洗濯物をかき集めては、ジェットコースターの内側に投げつけ、揺さぶったり、ねじったり、押しつけたり、ふくらませたりしている。バベット・コーエンは、仰々しく地下室と命名された地下倉の壁に向かって、寝返りを打った。夢うつつのまま、からだの力は抜けていたが、浅い眠りで疲れは取れていなかった。彼女は布団代りにしていたミンクのコートを頬に引き寄せた。その柔らかい感触で、パイロットが去ってから毎日のようにぶり返していた悲しみが、彼女の胸をえぐった。

洗濯機が休止段階に入った。バベットは音のない空間で身じろぎもせず、生き埋めになったような孤独に陥っていた。足で踏みつぶさないようにと子供のときからベッドの下に置いているメガネをやっきになって捜した。メガネをかけると、明かり取りの窓からかすかに差し込む緑がかった日の光が目に入った。地下倉に人を泊めるなんて、ひどーい。ひどいわ、失礼よ。時代遅れの家庭用品でいっぱいの大型ゴミの真ん中に置かれたベッド、部屋中を横切る物干し用の紐は首に引っかかりそうだった。確かにグロリアは背が低いし、すべてがグロリアの背丈に合せてあるのだ！　洗濯機が脱水段階に入った。一分間に八百回の回転が始まる。防音装置はない。丸くなった洗濯物がタンクにぶつけられ、几帳面さのかけらもないグロリアがポケットから取り出すのを忘れたコインのけたたましい音はいうまでもなく、パールボタンやプラスチックボタン、金属製の留め金のカチカチする音が鳴り響いた。

二十五年間連れ添ったパイロットが、突如として、家を出てから、バベットは途方に暮れるばかりで、運命の一週間は目先に差し迫った雑用しか手につかなかった。仕事に追われ、いく度となく結婚記念日を忘れていた彼女が、忘れることのできない二人の大きな幸せの証人たちを一同に集め、信じがたいほどすてきな銀婚式をして埋め合わせをしようと考えていた矢先の出来事だった。彼が家を出て二時間も経たないうちに、バベット自身、ミドルウエイのシンポジウムに向けて出発しなければならなかった。グロリアにだけは念のためにこの不幸を告げ、今年はいつものホテルに泊めないでね、ヒルトンは嫌よ、と電話しておいた。私、どうなるかわからないわ。ベトナム戦争に行ったという理由でことさらパイロットが嫌いだったグロリアは、男ってみんな同じよ、といってバベットに心から同情した。彼女はバベットに地下室を割り当てた。見ればわかるわ、感じいいわよ。いずれそこで自活するためにクリスタルが片付けているところなの！

バベットとグロリアは、アメリカの有名なトマトケチャップ会社が外国人留学生に支給する奨学金のおかげで、ワシントン大学の大学院に入って以来の仲だった。一文なしでも勉強ができるという最初の感動が色あせると、二人は常にトマトケチャップの商標がつきまとうことに我慢ならなくなった。施設内はチューブからにじみ出るケチャップ色であらゆるものに名前が刻まれていた。アメリカでは、まだこの時代、貧困は知性に付加価値を付ける証《あかし》などとはされておらず、バベットもグロリアもこの寮の前でボーイフレンドとデートする勇気はなかった。赤レンガの正面玄関には、名誉あるスポンサー会社の名前が刻まれ、まるでその小さな建物がケチャップ製造工場であり、彼女たち学生が工員であるかのような印象を与えるからだった。しかし嫌ならやめるしかなく、二人とも貪欲にしがみついていた。

バベットにとって、ワシントンは夢の理想郷であった。六十年代にアルジェリアからフランスに引き揚げたバベットは、ショック状態の家族ともどもボルドーに落ち着いた。祖母はもはや自分がどこにいるのかわからなくなり、母親は涙をこらえ、もぐもぐと下唇を絶え間なく噛んでいた。町の中心から遠く離れた城壁に向かうペサック通りにある彼らの二間のアパートを訪れるのは、医者だけだった。医者は家族全員に鎮静剤を処方した。父親用の鎮静剤、母親用の鎮静剤、祖母用の鎮静剤、二人の兄弟用の鎮静剤と、どれも別のメーカーのものだった。生理の止まった妹の鎮静剤、バベットの鎮静剤。バベットの鎮静剤は精神安定剤のバリアムだった。

彼女は十六歳、ひどい近視だったが、すばらしい肉体と並外れた知能を備え、モーターボートのエンジンのような激しい憎しみを心に秘めていた。ある日、家族が鎮静剤を飲み、安物タバコのゴロワーズの煙がむんむんする雰囲気のなかでテレビの市町村対抗お笑いゲームに興じていた夜、バベットは自分が家族全員の鎮静剤を一気に飲みほすか、あるいは自分に割り当てられた精神安定剤をゴミ箱に捨てるか、二つに一つを選ぶときが来たことを自覚した。彼女は自分の精神安定剤を捨てた。心のなかで同じ理屈に従った妹、その妹が決心したのは人生を終わりにすることだった。

バベットは社会保障から払い戻しはあったが盲人のように見えるフレームのメガネを買ってかけ、兄の一人が軍隊に返し忘れたカーキ色のオーバーコートをはおり、寝たきりの祖母がはけなくなった靴をはいて、大学に通った。大学はシルクのネッカチーフをしたきざな若者たちに、ヘアスプレーしたかぼちゃ頭の若い女の子たちを紹介する上流階級のクラブのように思われてならなかった。彼らはヴィクトワール広場のカフェをはしごし、週末ともなれば小回りのきくドゥー・シュヴォー（二馬力自動車）か、シトロエンアミ6に乗り込んで、おしゃれな街角の美味しいレストラン巡りをした。女子学生たちの眼中にあるのは、ボルドー大学の医学部か、あるいは英文科だった。そしてどちらにしても、結婚が優先された。女子学生は、三、四回アタックして海軍医の相手が獲得できなければ、回れ右をして、自分は海軍医と寝たという既成事実を忘れさせるためにイギリスに留学した。帰国する頃には野望も一ランク下がり、英文学士号を取得するか、法科出の夫を見つけるかのどちらかであった。

バベットはといえば、単にフランス語が嫌いという理由で、英文科に挑戦した。成人に達したときにはアグレガシオン（大学教授資格）を取得していた。勉強する以外、何も見ず、何も聞かず、授業は一度たりともさぼったことがなく、友人に資料を貸したり、住所を交換したこともなかった。ある教授が彼女に少し気をきかせることさえできれば、悪いようにはしない！　といってきた。教授はまた、それ次第では助手として採用しようとほのめかした。バベットはこの種のオヤジ連中に嫌悪感を抱いていた。彼らはどんなに性的欲求不満にさいなまれようとも、それを解消するために自分の権威や権力を放棄することは絶対にしない。大学という保護された空間の、自分たちの研究室で、秘書が帰宅したのを見計らって、さっさとやるだけやって冷たい床に放置するのだ。辱めを受けた女子学生たちには大学のちっぽけな仕事をあてがうことで、自分のふところをいためることはしない。学生は自分の気に入らない男の条件付きの手伝いをするしかすべがないのだ。この種のタイプの人間はわんさといて、ピカピカの禿げ頭やふくれた耳下腺から、すぐにその本性を突き止めることができた。バベットはただちに奨学金を申請し、それが通ると、アメリカに渡った。目的はただひとつ、アメリカ人になることだった。

バベットがひとつだけアメリカで不愉快な思いにされることがあるとすれば、それはときどきフランス人であることを見破られることだった。彼女にとってそれは侮辱以外の何ものでもなかった。自分の英語のどこがおかしいのだろうか？　何か変な振る舞いでもしたのだろうか？　彼女を安心させようとしてアメリカ人のなかには、それはあなたのかもし出す魅力のせいよとか、いつもはつらつとしているからだわとか、あるいは綺麗なボディー・ラインを褒めてんのよ、などといってくれる人もいた。すると彼女は自分の祖先はカナダ人なの、とでっち上げたり、ある意味、真実であったのだが、私はフランスを知らないのと言い放ったりした。フランスでバベットが思い出せるのは、ボルドーのペサック通りにある今や四人しか残っていない二間のアパート、そして広大なサン・ジャン墓地だけだった。二本の遊歩道が交差する十字路に接する長方形の墓所の一角に妹が眠っている。

バベットにはなぜ自分がこれほどグロリアと仲が悪いのかわかっていた。グロリアだってバベットに負けないくらいしつこく自分のルーツを否定し、次々に新しい出身地をでっち上げ、人生の大半をともに過ごしてきた今となってはどこがほんとうの出身地なのかわからなくなっていた。グロリアは自分をフランス人だといい、進んでアフリカの祖先のことを語った。コンゴだか象牙海岸だかに駐在していたフランス人総督と問題を起こした黒人の母親とか、第一次世界大戦の初めに凍傷にかかったと思われるセネガル人の祖父。足が凍傷にかかるというのはグロリアにとって最高にフランス的であるように思われた。話し相手次第で、グロリアはストラスブール生まれ、あるいはシエルブール生まれといってはばからなかった。バベットはグロリアがピレネー山中にあるベアルヌ地方出身のフランス人に向かって、自分もポー出身で、イギリス領事の妻だった祖母が結核の看病をしてくれたなどというのを聞いたことさえある。グロリアは常に話し相手の出身地を自分の出身地に仕立て上げた。そして毎回、出身地についての試験にまんまと合格した。彼女の頭のなかにはいろいろな町の地図はもちろん、主な商店の名前や地方の特産物の情報まで入っていた。共通の知人の話になると、伝染病にかかって隔離を余儀なくされていた両親を看病しなければならず、世間と疎遠になっていた頃だったわ、などと言い訳した。ところがオーロラに出会って以来、自分はポルト・バナナ市民であるとしかいわなくなった。ポルト・バナナはオーロラの小説のどの登場人物よりもグロリアのほうがよく知っている仮想の町であった。

バベットは思った。出身地をどこにしようが、年齢をいくつにしようが、どんな名前にしようが、グロリアの好きにすればいい。トマトケチャップ会社の寮に入ったときはこんな風ではなかった。

二人ともゼロからのスタートでなければならなかった。ゼロからスタートして強くなり、この慈善団体が将来への道を開いてくれ、一介の外国人を完璧なアメリカ人に仕立て上げてくれるのだ。バベットは、グロリアにはフランス語を読み、フランス映画を見ようとする確固たる決意があることを知っていた。当時、誰もが車でしか移動しない大学構内で、ただひとり、グロリアは原付バイクを乗り回していた。安物ガソリンのせいでブルンブルンと音を立て青みがかった煙をはきながら、立入り禁止の通路を突っ走った。ペダルに足を乗せず、大学のシネマテークで観た映画のなかでローラ・ドールがやっていたように、フレームの上で脚を交差させた。バイクは映写技師が所有していたソレックスだった。彼は現地カンザス出身のベトナム戦争に反対するヒッピースタイルのような長髪の男性で、フィルムの応急修理のない暇な時間を自分の原始的な兵器であるエンジンの調節に当てていたのだ。当時の大きなシネマスコープに対抗するモノクロ映画に登場するソレックスは、この二人のカップルがよりどころにしていた反アメリカ文化の象徴であった。しかしそんなことはバベットをさほど感動させなかった。グロリアはいい加減なフランス語しかしゃべれないことを自覚していながら、ひどい英語力の言い訳をするために自分をフランス人に見せかけようとしているのだとバベットは勘ぐっていた。

5

家で仕事をしていて困るのは、大学にいれば煩わされることのない雑事、とりわけ家事が優先することだった。どんな閃きも、どんなプライベートも、どんな無償の行為も後回しになってしまう。グロリアはパソコンの画面を前にして、友人たちが目を覚ますまでに書きかけの小説に少し手を加えられるかもしれないと思ったが、洗濯機が脱水段階に入ったことを知らせる回転音が気になった。洗濯物を皺くちゃにしてしまいかねない。仕事に熱中して、何度、同じ事をやらかしたことか。それでも、グロリアは自分の原稿に目をやった。体系的にしようと苦心してつぎはぎだらけになった文章は、節の長さがまちまちだった。画面いっぱいに助手のつけた疑問符や感嘆符、省略符号が散りばめられている。地下室の洗濯機を止めに行こう。グロリアは立ち上がった。

ベッドの上でこわばった顔をして、ミンクのコートにくるまって丸くなり、クリスチャン・ディオールの大きな金縁メガネを鼻まで落とし、意地悪ばあさんみたいな目つきで、バベットが彼女を見据えた。

「電気つけてもいい？」グロリアが声をかけた。

「何でも好きにすればいいわ」バベットは答えたが、そのあまりに悲しげな声に、グロリアは問い返した。あなた、泣いているの？　そのひとことで、バベットは泣きじゃくりはじめた。こんなときにはそばに駆け寄り、気持ち悪いミンクのコートに我慢してぎゅっと抱きしめ、巨大なメガネの威圧に耐え、プラチナ台の大粒のダイヤの指輪にも、真っ赤にマニキュアをした猛禽のような長い爪にも目をつぶって、ただ優しく手をさするしかない。ババットといったら、私の気に入らないものばかり身につけている。彼女を抱きしめながらグロリアは思った。結局、バベットは私の嫌いなもののすべてなんだ。グロリアがさらに強く抱きしめると、バベットの嗚咽が激しくなった。

グロリアはパイロットの悪口を言い始めた。実際、あの男は初対面から気にくわなかった。いかにもアメリカ東部のブルジョア出身で、鼻持ちならない気取り屋だ。一メートル九〇センチの高みから平然と肩をゆすって人を見下ろし、薄汚い黒人女めといって蹴飛ばすより百倍も強い軽蔑心を持っているのに、それを隠すために、小さいときからたたき込まれているのだろう、ユーモアですよ、といってはしらばっくれ、アメリカ的でないものは何でも追い払おうとする。その上、人をだますのが得意で、いとも巧みに相手を悪者に仕立て上げるのだ。彼のねらいはただひとつ、相手が間違っているように持っていくこと。グロリアは何度、その手に乗せられたことだろう。

「そういえば、あなたたち、犬猿の仲だったわね」とバベットが、グロリアの抱擁から身をほどきながらいった。

「ともかく、私たちは、黒人対白人だったわ。彼は私の皮膚の色を大胆にいってのけた唯一の男よ。涼しい顔をして断言したわ。あの言い方は一生忘れない。グロリア、問題は、僕にあるのではなく、ほかの誰かれにあるのでもなく、君自身にあるんだよ。君は自分の皮膚の色がわかっていないってね。あの意地汚い人種差別主義者め、女殺し、子供殺し……」グロリアはわめいた。「あんなナチ野郎に黒い皮膚の色の何たるかがわかるものか。日々の屈辱が何たるか、抑圧された者たちの解放が何たるか、わかるものか」

バベットは、グロリアがいつも話をベトナム戦争帰りに持ってくることに我慢ならなかった。

「私がアルジェリア戦争のことなど話したことある？　虐げられた人間がナイフやかみそりを持ったら何をしでかすか、話したことある？　あなたはアルジェリア戦争の怖さを知りたいの？　私の妹がどうやって死んでいったか知りたいの？」バベットは興奮したグロリアの口調につられ、声を荒げた。

「妹さん、自殺したのよね」急にしゅんとなったグロリアは、ぽつりといった。

「ええ、やつらに殺されたのよ」バベットは答えた。そして再び泣き崩れた。バベットの涙は、自分自身が決して産むことのできない子供のような存在だった妹を不憫に思ったからなのか、あるいはまだ忘れられないパイロットへの単なる未練からなのか、それとも彼の不当な仕打ちに対する抗議なのか、グロリアには知るすべもなかった。というのも、パイロットは確かに人種差別主義者ではあったが、一介のフランス人に過ぎない、しかもアルジェリア生まれのユダヤ人、バベット・コーエンと結婚したのだ。そして結婚式の立会人という大役をグロリアに託し、真っ黒のグロリアをあのベルモント・ハウスに招待したのだ。

それは奇妙な結婚式だった。できるだけスムーズに進行するようすべてにまごころが込められていた。皆からスイーティと呼ばれていた上品この上ない姑は、とびきり自慢のフランス人嫁、バベットと彼女の才気溢れる背の低い友人、グロリアを招待客たちに紹介してまわった。その日ばかりはバベットをエリザベートと呼び、長旅のできないエリザベートの両親に代わってグロリアが花嫁に付き添ってくれますの、と説明した。そのあいだにも、私どもでは普段通り、すべて質素に、ほどほどにしております、華美なことは何も致しませんの、と客のお世辞にいちいち応答するのを怠らなかった。素晴らしい邸宅、海辺の所有地、テラスにはこの良き日に開花して心地よい新鮮な香りを放つよう、わざわざカリフォルニアから送らせたオレンジの木が飾ってあった。スイーティはバベットの手を握り、フランスにおられるあなたの家族のことも忘れないでね、と優しさを伝えようとした。あなたのお母さまもこの日をどんなに喜ばれることでしょう、ねえ、エリザベート。結婚式は楽しく進行し、インディアンサマーも終わろうとするその日は、永遠の友と語らいながら過ごすヴァカンスの一日のように、海辺で心ゆくまでくつろぐことができた。三時間のあいだ、さんさんと太陽が照り、宗教儀式も芝生の上で執り行われた。キリストの名においてと、パイロットに忠誠を誓うバベットの声に、グロリアははっとした。あら、バベットはユダヤ人なのにいつからプロテスタントになったのかしら?

結婚式は、姑のスイーティによれば、完璧、平穏であった。当時のアメリカ流にいえば、平和と愛に満ちていた。グロリアは結婚証書の署名欄に、自分の名前ではなく、バベットの好きな作家、スティーブンソンの名前を書いてこの良き日に花を添えることを思いついた。その署名に気づく人はいなかった。誰もグロリアに関心などないのだ。彼女の名前がスティーブンソンであろうが、ジェファーソンであろうが、どんな奴隷の名前であろうがどうでもいい。しかしバベットだけはその署名に気づき、わざわざグロリアのところまで来て、感謝の気持を伝えた。それはおそらく二人がほんとうの意味で親友だった唯一の瞬間であったかも知れない。

「スティーブンソンが死出の旅路から戻ってきて私の結婚式に立ち寄ってくださるなんて光栄だわ。ついでにフォークナーも招待しておけばよかったわ」とバベット。

「あなたにはもうジキル博士とハイド氏がいるのね。私は南部出身の人種差別主義者は我慢ならないわ」グロリアはとつぜん、むっとして答えた。

夕方、あらしになった。バベットは天気予報が外れて晴天が続かなかったことを覚えている。姑のスイーティは最後のおつとめをなんとか華麗に果たそうと招待客たちをベルモント・ハウスのサロンに誘導しながら、雨降り結婚式は幸せな結婚式とフランスのことわざにもありますでしょう、と力なくいった。やがて一人息子の母親、連綿と続く良識ある完璧なまでの系譜の一族郎党全員の期待を背負わせていた分よけいに可愛がり、手塩にかけて育ててきた一人息子の母親として彼女が示してきた勇気はぐらつき、不安な気持のもとに崩れ落ちた。一杯余分に飲んだシャンパンが場違いな失望を加速させ、不協和音を生じさせたのかも知れない。それは良俗、美風に反したこの時代のあらゆる非常識を認めてしまうようで、この哀れな女性が何より恐れていたことであった。第一に、花嫁のエリザベートが、豪華なサテン地の王女さまのようなドレスをまとった姿で、人造宝石を斜めにあしらった巨大なメガネをかけ、バベットに戻ってしまったのだ。メガネは彼女の盛装用ではあったが、一日中ぼんやりしたまなざしだった花嫁を、突如として、老けさせた。スイーティは、今さらこんなことを心配しても遅すぎるが、どうしても知りたかった。嫁のあのひどい近視は孫に遺伝するのだろうか、あるいは息子の健康な視力がこの欠陥を封じ込めることができるだろうか、要するに、より形而上学的にいって、善は悪より優性なのだろうか?

ウエディングケーキの登場が遅れ、間を持てあましていたバベットは、ひと目で常習とわかる慣れた手つきで煙草に火をつけた。煙を吸い込み、ひとしきり、うっとりして、再び煙を鼻から吹き出した。姑のスイーティは、真珠のネックレス、それも初孫ができたら嫁に半分プレゼントしてやろうと秘かに思っていた四重に垂らした真珠のネックレスをいじりながら、元気な赤ちゃんを産まなければならない女性にとって煙草は害にならないかしら、とひとこと注意すべきかどうか躊躇した。そのとき、介添の青年たちに向かってしゃべる息子の声が耳に飛び込んできた。息子はこの結婚式を記念して花嫁に文字通り、世界一のプレゼントをしてやったんだ、といっている。パ、パ、パイプカットをしたというではないか。介添の青年たちは、残念ながらこれは再手術のきかない外科的処置であることを丁寧に説明して、新郎の母親を慰めようとした。婚礼はたけなわ、生殖義務から解放された新郎は、飛行小隊の仲間たちとともに、自分に夢中の若い花嫁に見守られ、スー族の即興ダンスを踊った。花嫁のまなざしは近視のため、そして感謝の気持から、和らいでいた。

「それにしてもあの日はほんとうに楽しかったわね」ダンスの場面を思い出し笑いしながら、グロリアがいった。

「何て向こう見ずな奴！」バベットはパイロットのこと、そして彼を好きになったあらゆる理由に思いを馳せながら、いった。「彼は子供を産みたくないという私の強い欲求を理解して、それまでとりつかれたように使っていた避妊具から一気に解放してくれたわ。どんなに前衛的で、どんなにフェミニストを自称しようが、あなたの夫には、あんな勇気はないわね」

「もちろんないわ、でも私はクリスタルを産んだ。そのことで彼には永遠に感謝するつもりよ」とグロリアはやり返した。

「そう、あなたにはクリスタルがいる。その通りよ。そしてアメリカが大嫌いなあなたは、アメリカに手も足も出なくなっている」

「どういうこと？　説明しなさいよ」

「私がいいたいのは、クリスタルはアメリカっていうこと。もっとわかりやすくいえば、あなたはね、いとしいスカーレットの乳母《うば》なの、スカーレットお嬢さまの黒人乳母なのよ！　あなたのなかには可愛い白人の女主人の前にひれ伏す年老いた黒人奴隷がひそんでいるのよ」

「クリスタルが白人じゃないってこと、あなたは知っているくせに」

「それじゃはっきりいいなさいよ、娘は黒人だって！」

グロリアは、返事をしないで、洗濯機を止めに行った。

6

オーロラは魔法のように熱いコーヒーでいっぱいになったコーヒーメーカーの前で途方に暮れていた。モーターと一体になっているように見えるポットをどうすれば取り外せるのか、眺めては、ため息をついた。新しい器具はどんな器具もオーロラに自信を失わせた。グロリアのコーヒーメーカーもふだんパリで使っているのとほとんど変わらない機種なのに、息苦しいほどの不安におびえ、心のなかで泣きべそをかいていた。ひとり知らない場所に来て、当然使いこなせるはずのものを前にし、その簡単な操作さえわからないことがばれる前に何とかしなければならなくなると、いつもそうだった。フランスに着いてすぐにミミ伯母は、ジュジュが七歳にもなって水道の蛇口をひねることができないのに気がついた。手を洗っておいでといわれ、洗面台の前まで行ったものの、少し器用な子供なら誰でもひねって水を出すことができるステンレス製の蛇口を、彼女はただ、じろじろと眺めるだけだった。

コーヒーメーカーの湾曲部や溝穴の位置を確かめているうちに、彼女は現代魔術にかかったような気分になって、怖くなった。女性トイレを示す両脚を開いたAのマークを見ても、それが女性用を指していることに気づかなかった。小さくても英語でレディーズと書いてあればすぐにわかるのに。オーロラはコンピューター時代になっても手書きを通していた。しかしながら、ずっとつけペンで書いていることは隠していた。公共の場所に出ても、矢印の方向に向かう群集の流れに逆らって、じっと物思いに沈むタイプだった。ところがある日、大人気ないことではあったが、パリのシャルル・ドゴール国際空港の設計者に、あなたが設計したターミナルでは自分の立っている位置がわかりにくいですねとうちあけた。彼は辛辣な口調で応えた。自分の立ち位置などわかる必要はありません、みんなと同じようにまわっていればいいんです！　と。不思議なことに、彼の言葉にオーロラはほっとした。彼女の無能は知性のしるしだったのだ。ある種、別の知性のしるしだった。それはあるカクテル・パーティーでのことで、縁もゆかりもない設計者にこのような質問ができる絶好のチャンスだった。彼女が別れを告げると、設計者はいったものだ。いいですか！　森では、矢印にそって行けばいいんです。沙漠では、ぐるぐるまわっていればいいんです。南北なんて気にせず、星を探したりしなくていいんですよ！

　彼女は窓辺に近づいて、まばゆいばかりの甘い薔薇色の朝日が草むらを染めてゆくのを眺めた。リスが燦々とした光を浴びて、いっそう丸々と太って見え、より赤毛に見えた。彼女は子供のような、純粋な幸福感で胸がいっぱいになり、涙がこみ上げてきた。コロンボにいたときもこんな夜明けがあった。今にも昇ろうとする朝日に向かって両手で水浴びするはだかの男性のからだが虹色に輝いていた。カイロでは、まだ明けやらぬナイル河を大きな三角帆を広げた白い小型船が静かに帆走しているのに出くわした。アビジャン（コートジボワール）のラグーン潟は、青く染まったシルクのような水面に朝日が広がり、黄金色や緑色とたわむれながら、その襞のひとつが咲き切ったボタンのように真っ赤に、そしてアジサイの花芯のように薔薇色に映え、やがて何を見ているのかわからなくなった。夜明けはいつも見てきている。彼女はどこへ行っても抵抗し難い力で窓辺に引きつけられ、瞬きをしながら、ここでもまた夜が明け、自分が死んでいないことを確かめるのだった。

子供部屋に入って来たグロリアは、オーロラったら、なぜ電気をつけないのと訊いた。「だって外には溢れんばかりの薔薇色、溢れんばかりの優しさがあるんですもの。電気をつけたら消えてしまうわ」と顔を窓から離さず、彼女は答えた。それからコーヒーメーカーの使い方がわからないことを訴えた。「簡単よ」とグロリアはいった。器具を操作するグロリアのしぐさはいつものことながら、いとも簡単に見えた。オーロラは離れ技をやってのけるグロリアに感心した。

映写技師であるグロリアの夫は自分の技術の腕試しの作品を披露するかのように、極端に複雑な機器や精巧な発明品で家じゅうを占拠し、一見、グロリアもそれらを使いこなしているようではあったが、それでも事物や自然は人間に飼い馴らされるのを素朴に拒絶しているように思われた。というのも、彼女の単純ミスからコンピューターの指令が正確にインプットされていなかったへアドライヤーが発火して火事になったことがあるのは理解できるとしても、ある夏の夕方、アーカンサス川から流れ込むすべての貯水池が干上がったまさにその日に、ほかでもないグロリアの家が、避雷針があったにもかかわらず、なぜ雷に打たれたのかを理解するのは容易ではない。駆けつけた消防士たちのホースから水が出ないのを目の当たりにした隣人たちは、バケツやたらいを総動員して、自分たちの家の台所のちょろちょろとしか出ない水道水で満たし、列を作って順繰りに手渡してくれた。また、去年の冬は、よく積もったお陰で一気に美しい春をもたらした大雪が、庭の境界線に立てられた木製のフェンスをなぎ倒したのはなぜか？　ほんの数メートル先の隣人のフェンスは倒れなかったというのに。このようなことをどう説明すればいいのか？　隣人たちはすでに自分たちでフェンスのペンキの塗り替えを始めたが、グロリアは町から業者が来るのを待った。彼らは重機で土を掘り起こし、部厚いフェンスに守られていた植え込みを踏みつぶしながら、倒れたフェンスを立て直していった。

その前の年は、洪水に見舞われた。アーカンサス川の支流であるミドルウエイ川が増水し、地下水路が引かれて分流させていたにも拘らず、グロリアの家の地下室に流れ込み、一階まで噴水のように溢れ出た。洪水は彼女の書斎のカーペットに肥沃な大量の土砂を置いていった。アーカンサス川の潤いに浴せず、干上がった麦畑は人工的に給水するはめになり、インディアンの居住地の干し草も球になって風に吹き飛ばされた。

グロリアは家を改築した。屋根は赤瓦を模したグラスファイバーの大きなプレハブの二重プレートに張り替え、木製のギロチン窓は、アルミ製のシャッターとガラス窓と網戸という三重構造に取り替えた。女性開拓者さながらの勇気と忍耐力で、グロリアは水も土砂も、すべてひとりで取り除いた。四つん這いになって、お尻を上げ、鼻は地面すれすれに、女性たちが何世紀にもわたってしてきたように、丸くなって、素手で雑巾をしぼり、延々と拭いていった。

家具も、家庭用品もひとつひとつ洗って、ねじ釘を抜き、土汚れを取り、再び組み立てた。本棚の本を黄色くなった芝生の上で乾かすのに酷暑のひと夏を過ごした。カンザスの風や雲たちに読書している振りをして、夏休みじゅう、くっついたページをはがしては、めくっていった。秋には、固くなった表紙とふくらんだページの本たちがゴンドラのように反り返った本棚に戻された。家じゅうに泥の匂いが漂い、目を閉じると、沼地に住んでいるような気分になった。目を開けると、天井からマクラメに入れて吊るされた観葉植物が海藻のように揺れ、手入れの悪い水族館を想い起こさせるくすんだ緑の世界にもぐり込んだかのようだった。

「あなたの話を聞いていると、アフリカを思い出すわ」とオーロラがいった。

カメルーンのオーロラの家は灌木地帯にあり、猟師が起こした火事で、灰と化した。最初、オーロラは可愛がっていたチンパンジーのデリスと森のはずれで猟の獲物を待っていた。彼女は火に追われた動物たちがふいに現われるのを目にしたが、何匹かが彼女の目と鼻の先でぱったり倒れ、次に群れ全体が彼女に気づかず、矢のように駆けて行った。テニスで踏み固められた地面で引きとめられていた炎の壁が、とつぜん、家と同じくらい高く舞い上がり、彼女の前に立ちはだかった。火は彼女のすぐ目の前で、ほとんど足元まで来て、燃やす樹木も、焼き尽くす竹も雑草もない裸の赤土にくい止められ、消えるかに見えた。しかし風が火の波を畳み込み、満潮時の高波のように私有地と庭を覆いつくし、家の裏側のガソリン缶を貯蔵していた場所で、大人たちが火の手を阻む暇もなく、再び勢いよく燃え上がった。爆発音とともに、大人たちは空中に舞い上げられた。家は火の雨に飲み込まれ、ココ椰子の葉でふいた屋根は、乾燥した嵐の恐ろしい遠吠えとともに燃え尽くした。

オーロラは両親とすべての召使ともども、行方不明者のリストに載せられていた。家から遠く離れた大きな川に向かう丘のふもとで、両腕に長いぼろ切れ人形のように垂れ下がった赤膚がむき出しのデリスの死体を抱いた髪の毛のない少女を見つけるのに時間がかかったのだ。彼女は戦士を不死身にし、猟師を獲物から見えないようにするために魔法使いが作った染色用の樽に突っ込まれたかのように全身、べとべとの灰に覆われていた。青い目を開けるまで、どこの誰だかわからなかった。彼女が覚えているのは、ただ森が匂っていたこと、どこへ行けばいいのかわからず、柔らかい、厚い灰の上に、注意深く、自分の足跡を残してきたことだけだった。それはなぎさに打ち上げられた遭難者が絶望の伝言を書く砂と同じくらい貴重な灰であった。

映写技師が壊れやすい精密機器を自分の両親の家に大量に運んだのは、ミドルウエイの家が火事に遭ったときだった。彼の両親の家は静けさと安全を第一とする中産階級の住む白人街にあった。火事で汚れた家を洗い、修理するあいだ、娘のクリスタルはそこに預けられた。しかし娘は自分のことをいたわってくれたとは思わずに、逆に、とても大事な事を自分に知らせないために預けられたと思い込み、どんなに些細な手がかりでも手に入れようとあちこちかぎまわった。そしてついに寄木張りの床の裂け目に、火事で焼けたぬいぐるみの動物の目を見つけ出した。彼女は母親に災害の証拠を振りかざし、ほら見てごらん、見てごらんよ、と泣きじゃくった。彼女はいつもいちばん悪いのは母親だと思い込んでいた。しかしあれほど激しくくってかかったのは、母親が火事を起こした張本人だと思ってのことなのか、あるいは彼女が自分を現場から遠ざけたからなのか、判然としなかった。グロリアは嵐が過ぎるのを待った。かさかさの手は何度洗っても黒いすすのあとが残り、皺がよけいに目立った。今思い返してもぞっとする。クリスタルの悲しみはまたとない災難に立ち向かう機会を奪われた悔しさのせいだ、なんて聞きたくもなかった。もしも自分の目で確かめていればクリスタルは自分をとてもスペシャルな存在に思えたのであろう。その年、十代の娘たちがこぞってつけた香水もスペシャルという名前だった。

オーロラは、すでに悪臭を放っているデリスを兵士たちがかろうじて自分から取り上げたときのことを覚えている。彼女の指を一本一本ひき離しながら肘をのばし、腕を持ち上げ、デリスを取り戻そうとする彼女の手を抑えた。皮膚に張りついた黄色いドレスの切れ端もはがしていった。兵士たちはオーロラをシーツにくるんだが、彼女は靴をはいていなかった。裸足の足の裏は火の消えた灰のなごりでまだ熱かった。彼女は腕や脚にクモの巣のように張った灰色の薄い膜をはがしていった。兵士たちが彼女のための避難所として生木の小屋を作った。太陽の熱を星たちに返す夜になると、小屋はみしみしと音を立てた。梁から白い乳のような樹液が漏れ、それを透明のトカゲがすすった。たらふくすすって重くなったトカゲは地面に落ち、そこにアリたちが駆け寄って、お腹が裂けるまでしゃぶり尽くした。

十日近く歩いてやっとヤウンデに辿りつくと、驚きと同情の入り混じった雰囲気のなかで、護衛が待機していた。オーロラは人から人へ手渡され、女性の胸に抱きしめられ、男性の腕で持ち上げられた。彼らは誰もが自分たちの子供部屋、自分たちの子供ベッドを提供すると申し出た。それからの数日間、彼女は悲劇のヒロインとなった。腕のなかに渡されるもの、口のなかに入れられる食べ物をどうしてよいのかわからず、自分を見すえる人たちをこれ以上見なくてすむよう、彼女は目を閉じ、頭に生え始めたブロンドのシルクのような短い髪の毛を指先でなでていた。

　そうこうするうちにドゥアラへ向かって出発する日になったが、その前に彼女に靴を買ってやらなければならなかった。彼女はとても靴を欲しがっていた。すべてを失い、すべてが借り物だった彼女は、靴だけは自分の物になるだろうと思ったのだろう。しかし彼女は靴を買うと約束した大人たちが約束を守らないのではないかと心配でならなかった。そして絶えず、いつになったら靴を買ってくれるの？　と催促した。店に連れて行かれるまでは、いくら約束されても納得しない頑固さ、執拗さだった。そしていざ店に入ると、あらたなわがままが出て、子供コーナーへ行こうとしなかった。男性靴のコーナーに座り込んで、紐で結ぶタイプ、サイズは四十と、いちど言い出したら引き下がらなかった。こうして男性用の靴が手に入ったが、彼女は裸足のまま歩き続けた。

　桟橋に立った一行は、胸がしめつけられる思いで、ブロンドのうぶ毛が生えかかった幼い少女が健気にボートに乗り込むのを眺めていた。ボートが海原に出ると、乗客たちはネットにくるまれて大型客船の舷に引き上げられた。フランス行きの乗客のなかにヴィシーへ湯治に行くという夫婦がいて、航海中、少女を庇護することになった。夫が少女を腕に抱き、妻は少女の抱える靴箱を捨てさせようとした。

7

その朝、グロリアは自問した。オーロラは目に見えないどんな箱を抱えているのだろうか？　幼い少女が大事に抱えていた靴箱を親切な婦人が取り上げようとしたとき、とっさに出た叫び声が彼女の口から今にも飛び出しそうだった。オーロラは両親がとつぜん、永遠にいなくなった哀しみを今もそのまま胸に秘めている。母親のスカートを握りしめていたいのをじっとがまんしている。

オーロラが寝まき代わりのTシャツ姿で素足のまま振り向いたとき、グロリアは、アフリカに残された捨て子を目の当たりにした思いでとっさに彼女を胸に抱きしめ、元通り髪の毛の生えた頭のてっぺんに口づけしたい衝動にかられた。

「私ってみじめだわ」オーロラがいった。「早起きし過ぎて、穴のあいた古鍋みたいにエネルギーがなくなったの。もうほんのしずくほどしか残っていない。これは後のために取っておかなくちゃね。だって、もしも動物園から連絡があれば、いい顔しなくちゃいけないでしょう。チンパンジーの世話ができるってことを彼らに納得させなければならないから。世間は、熱意というか、やる気があるかどうかでしか判断してくれないもの！」

「あなたは時差ぼけよ」と、グロリアはテーブルの上の書類や黄色いメモ用紙を片付けながら、いった。「旅行ばかりしていると誰でもそうなるのよ。ときどき私だってどれほどくたくたになるか、あなたは知らないでしょう。先週、ヒューストン行きの飛行機のなかで私、気絶したのよ」

「私はただの時差ぼけじゃないの」テーブルに向かって腰を下ろしながら、オーロラは答えた。「ただ時間との折り合いが悪いだけじゃなくて、空間とも折り合いが悪いし、女性たちとも、男性たちとも、折り合いが悪いの……」そういいながら、彼女の視線はグロリアが朝食の食器を並べるためにテーブルの隅に押しやった大きなプラスチック製の箱に投げられた。なかで動物が動きまわっていた。

「これ、二十日ネズミなの。クリスタルはイヌとかネコを欲しがったんだけど、二十日ネズミを買ってやったの。案の定、二日も経てば、娘は興味を失くしたけどね。世話をするのは私ってわけ」といいながら、グロリアは箱のふたを開けて人参をひとかけら投げてやり、クリスタルを弁護するかのように説明した。

「二十日ネズミは、夜起きていて、昼間眠るのよ」

「でも眠っていないじゃないの」とオーロラは指摘した。二十日ネズミは靴箱のふたに開けた小さな空気穴めがけて、下から上へ飛び上がっていた。しんと静まり返った台所で、せわしなく動きまわるネズミは騒々しいばかりだった。

「シーッ、静かにしなさい！」グロリアが制した。

しかし相手はお構いなく、まるでネズミ式永久運動の法則でも発見したかのように、上から下へ、下から上へと跳びはねている。グロリアは手のひらで箱をたたき、ばかげた二十日ネズミの機械的な跳躍を止めさせようとした。「人参をかじるか、滑車あそびでもしてなさい」滑車あそびは不快なあそびだけれど、音を立てないだけいい。

「ところであなたの動物は何だったっけ?」グロリアが質問した。一瞬、オーロラは何を訊かれているのかわからなかった。子供の頃は奇妙な、めずらしい動物をたくさん飼っていた。繁殖力は旺盛、なんとも想像たくましいと思える自然界が小手調べに創造したような動物たちだった。羽毛と体毛、脚と手、乳房と性器、尾と耳、歯とうろこ、皮膚といぼ、縞と斑点、それに触ると見えなくなる色と、死ぬと消えてしまう色といった奇妙な組合わせの動物たちもいた。しかしそれらの名前を思い出そうとしても思い出せず、どんな餌をやっていたかも思い出せなかった。

「そんな動物のことを訊いているんじゃないの」とグロリアはあたかもオーロラから熱帯林に生息する動物の一覧表を提示されたかのようにいった。

「そうではなくて、あなたの小説に出てくる動物は何だったかしら、って訊いているの」

グロリアには、オーロラの文学とオーロラの人生を混同し、ふたつを重ね合わせて、一方の疑問を他方で解こうとする傾向があった。あたかも小説は人生の置き換えに過ぎず、書くという行為は、ほとんどの場合、存在の不確かさや不運、不測の事態を、隠れた表現形式で、より叙情的に、より激しく、より単純に語るに過ぎないと思い込んでいるふしがあった。

オーロラは、かつて自分が拒絶した男性にいわれたことがある。小説家が恋をしないでどうやって恋を描写するのかと。彼はまるで自分がオーロラの恋人になったつもりで、それまでオーロラには恋をする機会がなかったと確信し、彼女にキスすることで、本を一冊プレゼントできるとでも思ったのであろう。おそらく彼は、研究者が誰も手がけていないことに出くわしたいとむずむずしているのと同じように、小説家というのは貪欲に人生経験を積み、書けるものはすべて書きとめたくて仕方がないはずだと勝手に想像していたに違いない。

それはあなたがよく旅行するからですよ、とある婦人がいったことがある。ああ、そういうことだったのだ。あなたのような人生を送っていると小説が書けるでしょうよと、料理をする暇がないからと冷凍食品を買う人たちと同じように本を買ってくれる読者たちがうちあけに来たものだった。

「私の本に登場するのは一種の有袋動物だったけれど、ドキュメンタリー映画で最近知ったばかりよ」とオーロラは答えた。

「何百頭もいたわ。ビー玉みたいな丸い目をして、かぎ爪ではなく、透明の爪のはえた小さな手をしていた。私たち人間みたいよ」とオーロラは爪を短く切った手を差しのべながら、いった。そして付け加えた。ヨーロッパでいちばん驚いたのは、種族だけでなく、固有の品種にいたるまで、雌ウシ、雄イヌ、メンドリとすべてが規格分類されていることだった。ハサミムシからてんとう虫まですべてに名前がつけられている。非常に広大な空間、あるいはごく微細な空間に立ち現われる未知の星や細菌だけは、まだ分からないところだらけだ。しかし顕微鏡にかじりついている白衣の研究者たちは新しいウイルスを発見すると記者会見を開いて発表し、夜空を眺める天文学者たちも遠くの星の誕生を歓迎する。こうして知られていなかったものが既知のものたちの大きな目録に入れられるが、それもすぐに閉じられ、忘れられる。すべてを知り、すべてを記憶することはできないのだ。

ミミ伯母は、すべてのものには名前があり、宇宙のなかにそれぞれの居場所があるということにこだわっていた。それはフォークが左でナイフが右というテーブル・マナーに始まり、次にボーモン公園の遊歩道に沿って植えられたあらゆる植物の名前を繰り返しいわされた。ピレネー山脈で山歩きしたときは、目についた峰や山の名称を、ジュジュ、いってごらんと何度も命じられた。最後は、町の通りがかりのすべての道路名やすべての広場名の標識を見ながら、つづりをいわされた。動物は名なしのままだった。

ミミ伯母流に、グロリアは、オーロラの文学の世界にはどんなに小さくとも不明瞭な部分を残さないことを要求した。あいまいなことは翻訳できないし、わからないことをわかったように書くことはできないからだ。グロリアは、作家というのは自分の作品に精通していてしかるべきであり、少なくともオーロラは、自分の作品について明確な考えを持っているべきだと考えていた。彼女はオーロラの小説に出てくる動物が有袋類だったことを知って喜び、『アフリカの女』のなかではこのあいまいな語彙を「小さな有袋動物」と訳すという。

「私はただの動物と訳した方がいいと思うけど」オーロラがいった。そしてそのとき彼女の肌に小さな動物の柔らかいブロンドの毛、丸い頭、しなやかな巻き毛のふさふさした尾、いがらっぽい匂い、生き生きしたぬくもり、ねぐらを作ろうとして彼女の髪の毛をもつれさせたピアノを奏でるような弾力性のある小さな指の感触がよみがえった。

「そう、やはり動物って訳したほうがいいわ」オーロラはいった。今やアフリカ大陸に有袋動物なんていないんだから。

その小さな動物がオーロラの肩からすべって地面に落ち、それを彼女がうっかり足で踏んでしまったとき、幼い彼女を慰めようとしてみんながいったものだった。ただのヤシネズミよ、そんなのいくらでもいるわ！　やがてからだじゅうの震えを止めさるために、壁にぶつけて息の根を止めてやらなければならなくなったとき、それはただの胸の悪くなるネズミに過ぎなかった。

「私、寒い！」オーロラが叫んだ。グロリアはオーロラの両足を手に取って自分の温かい太腿の上にのせ、両手でこすり始めた。グロリアはバベットにいわれたことを思い出した。そう、自分は白人のお姫さまの前にかしずく年老いた黒人の乳母のように振舞っている。私はローラと、クリスタルと、オーロラの奴隷なんだ。でも彼女たちはとても傷つきやすい。そして私は強い、信じられないほど、途方もなく、強いのだ。グロリアはそんなことを考えながら、オーロラを元気づけようと足をこすり続けた。オーロラは幼子のように屈託なく、乳母に身を任せた。両足をグロリアの膝にのせ、黒褐色の、きれいに日焼けした、柔らかい、ぶよぶよした、大きな、おいでおいでといわんばかりの太腿のあいだに足を差し込むことに、えもいわれぬ心地良さを感じた。かさかさの手で勢いよくこすられた両足が少し温かくなると、オーロラは黒っぽい蜂蜜のような肌色をした、しなやかなグロリアのからだをとても美しいと思った。ところが普段、化粧を混ぜ合わせるように頬ずりして挨拶する彼女の習慣は好きになれなかった。

8

グロリアはレイラにとてもよく似ていた。二人とも、ただ大人しく生きているのではなく、何かにつけて闘いに挑むように、人生に果敢に取り組んでいた。パリに住むレイラはオーロラのただひとりの友人だった。オーロラは十年ほど前、セバストポール通りのスーパーの前でレイラに出逢った。レイラはヒールのかかとを壊したのか、歩道にしゃがみ込んで、泣いていた。群衆は素知らぬ振りで彼女をよけながら通り過ぎていた。オーロラが手を貸そうと近づいたが、彼女はオーロラの手を振り払った。ヒールのかかとが壊れたのではなかった。セバストポール通りで苦しみ、哀しみ、泣くままに放っておいて欲しかったのだ。オーロラはやっとのことで道路を横断させ、レアミュール通りの角のカフェに彼女を連れていった。カフェに腰を下ろすや、レイラはまるで人が変わったように自信たっぷりの態度で、ほとんど挑発するかのように、ピコン・ビールを注文した。オーロラは彼女が癖のある人だと見てとった。レイラはこれ、私のおごりよというや、自分に救いの手を差し伸べたオーロラに、あなたの支配、あなたのリードはそこまで、と釘をさし、運命の手綱を取り上げた。

二本目のピコン・ビールを飲みながら、レイラはバスケットを開け、セーターにくるまれておびえている子犬を取り出し、オーロラの膝の上に置いて、いった。「この犬、あなたにあげる！」

レイラはセーヌ河の方角を指していった。あそこで買ってきたの。店の人に説明したわ。大人しくて、可愛い、大きくならない子犬が欲しい、病人用だからって。大枚をはたいちゃった！　彼女は親指と人差指のあいだで、この子犬と顆粒状のえさ、それに首輪と皮ひもに払った紙幣の数をかぞえる振りをした。これ雑種なの、と自慢気にいった。

レイラはその子犬を父親のために買ったのだった。彼女の父親はアルジェリア戦争でフランス軍の補充兵となって戦った原地人で、パリの小さな屋根裏部屋でその生涯を終えようとしていた。レイラは自分が父親にふさわしくない娘だったことのお詫びに子犬をプレゼントして和解したいと思った。それに父親がとても重い病気にかかっていたので、それまで与えることのできなかった愛情を精一杯、示したかった。愛情に飢えた人が皆そうであるように、彼女もまた自分が受けられなかった愛情がどこかに存在していて、それは一気に自分を和らげてくれるものだとかたくなに信じていた。

全身が衰弱して、土色の顔をした、腰の曲がった父親が、タバコの悪臭を放つひどい煙のなかから、頭をもたげてドアを開けた。レイラはそれが自分の父親だとわからなかった。

これは何かね？　彼女の顔を見上げる振りもせず、いらいらした父親は、怪訝そうにいった。レイラは父親に子犬を差し出した。これパパにあげる。

父親から血の気が引き、怒りがあらわになった。昔なら、どもりながら、激しくののしり、おどしているところだった。しかしそのとき、彼は激しく咳き込んでふらふらとよろめき、倒れそうになった。子犬？　この売女がわしに子犬をくれてやるだと？　さっさと消え失せろ。この親不孝者。運が良かったと思え。わしの脚さえ立てばこれでは済まされんぞ。おまえの母親や、おまえの姉たち、わしを見捨てたフランス同様、おまえのようなメス豚は、ぶん殴って、鼻をへし折り、髪の毛を引き抜いて、包丁でのどを突き刺してやるところだ。

レイラは言い訳がましく付け足した。じつは、父は間違ってはいないの。私はたしかに売春婦で、メス豚よ。フランスはあれだけアルジェリアで忠誠を尽くした父を、在郷軍人の恩給と、彼が立て続けに吸う安物タバコのゴロワーズを無制限に与えるだけで見捨てたの。だからといって、私をここまで侮辱すべきじゃないわ。売女などというべきじゃない。

レイラは自分の職業を納税用紙にあるように「自由業」と呼んで欲しかった。彼女はそれを直観的に「人道的な仕事」と解釈していた。だいいちメス豚なんてフランス語はないわ。

「いいえ、あるのよ、古いフランス語だけれどね」オーロラはいった。

「でも父は、だらしのない女っていいたかったのよ。あなたは人道的な仕事ってどう思う？」レイラが質問した。

「いいと思うわ」とオーロラは答えた。

「それって、言葉が中味をずばり言い当てているでしょう。人道的な仕事は、無一文で、身一つの私の苦しみをどれだけ和らげてくれているか、あなたにわかってもらえるかしら……」

子犬をどうするか、解決しなければならなかった。オーロラは自分が飼いたいのはやまやまだけれど、数日後にはアフリカに発たなければならないことをうちあけた。

「仕事で行くの？」レイラが訊いた。

「そう、ロケの下見にね」

「映画のロケなの？」急に興奮したようにレイラは目を輝かせた。

「ただのドキュメンタリー映画よ」とオーロラは答え、レイラの興奮を鎮めようと、「動物のドキュメンタリーなの」と付け加えた。

ところでレイラがテレビで好きなものといえば、アメリカの連続ドラマと絶滅寸前の珍しい動物のドキュメンタリー映画のほかになかった。レイラは残酷な世界に生きていた。大きなものが小さなものをむさぼり食い、男が女に罠をしかけ、女たちがトリクイグモのように抱き合い、ハイエナが卵の白味のようなねばねばした胎膜に包まれて身動きできないでいる生まれたばかりのヌーをむさぼり食う残酷な世界。連続ドラマのブロンドの女たちにしても、たがいに子犬を盗み合う草原の犬とちっとも変わらないのよ、とレイラはいった。

捕食動物、みんな捕食動物なのよ！　ワニもサメもトラも獲物に飛びかかるでしょう。テレビの連続ドラマでもシリーズが変わると同じ女優たちがたがいにむさぼり食うのよ。コーヒーカップの受け皿みたいに大きなイヤリングをして、ブロー仕上げの髪の毛をヘアスプレーで固めたある女性は、同じ家族の男たち全員と次々に結婚し、最後の夫が子供の祖父なのか、父親なのかわからなくなった。番組が依頼した遺伝子調査の結果、子供は、同時に、まったく同じシナリオの別のドラマの主人公たちと寝ていた祖母の弟か、叔父か、あるいは大叔父にあたるという。自己破壊に向かって無限に自己再生していくこの動物的な人間の家族の話をしながら、レイラはため息をついた。
「あなたも、誰もいないの？」
「誰もいないわ」オーロラは答えた。嘘ではなかった。レイラはピコン・ビールのお代わりをして二人の孤独に乾杯し、そして子犬の新たな孤独に乾杯した。かわいそうに、このメスの子犬は最初から、孤独なのだ。

子犬はレイラの父親に拒絶された屈辱の跡をとどめていた。飼い始めから気難しく、歩くことも、階段を下りることも、留守番することも拒んだ。両脚で鼻面をはさみ、むくれるばかりで、いくら励ましてやってもほとんど反応しなかった。レイラは耳が聞こえないのではないかと訝った。ただ、とつぜんふっと見せるまなざしだけが、子犬らしい拒絶具合を示していた。やがて好きなものを食べるようになった。好きなものはレイラが噛んでいるものと同じ温かさのもので、レイラの皿の上にあった。夜は彼女の枕で、彼女の毛布にもぐり込んで寝た。レイラの仕事中は数分しか待っていられなかった。しかも次々に客をとることには我慢できなかった。ところが子犬は客引きをするのが好きだった。しっぽを撥ね上げ、鼻を溝に突っ込んで、わずか一センチの誤差で歩道のレイラの縄張りを行ったり来たりした。かわいそうに、こんな犬の散歩だってあるのだ！

長いあいだオーロラはレイラに会いに行かなかった。彼女にも子犬にも会えそうに思えなかったからだ。しかしレイラは赤い皮ひもの先にボビネットを携え、スーパーの角の縄張りにいた。子犬は雑種でもバセット犬にしては足が長く、ポメラニアン犬のようなしっぽをしていた。レイラも子犬もオーロラを歓待し、オーロラもパリにいるときは週に一、二度、会いに行くようになった。レイラがふさがっているときは、壁にもたれて彼女を待ち、虚空を見つめて、自分は客引きをしているのではないことを主張した。ある日、レイラが仕事をしているあいだ、ボビネットの番をしていると、一人の男性がオーロラに近づいた。レイラと間違えたのだ。失敬！　犬だけが目に入ってあなたのお顔が見えなかった、と男性は詫びた。

レイラは自分の仕事について語らなかった。オーロラは偶然、レアミュール通りとセバストポール通りの交差点が、スーパーで買い物をする妻たちを送ってくる働き盛りの若い管理職の男性を誘惑する戦略地点であることを知った。性器に関して、レイラは動物にたとえて語ったが、男性にとって名誉ある話し方はしなかった。男は土を掘り返すモグラのようだといってはばからなかった。一方ゾウにたとえて、歩道で三日月刀による威嚇の真似をした。彼らが振り回す大きなモノは月にも届きそうだった。銀河は三日月刀でいっぱいになる！　未来は、獣姦よ！　とレイラはオーロラにうちあけた。

二人はアーメドの店で一杯飲んだ。レイラはオーロラの健康を気遣っていた。世界中の動物園を旅行してまわるのは階段室ですばやく客を取るより健康的であるとはいえなかった。彼女たちは人生を変える話をした。二人でプードル犬の美容室を経営してはどうかしら？　私はプードルのお尻の面倒を見るわ！　学校をまわって有名な動物たちの話をするのもいいわね。目の見えない人たちに本の読み聞かせをしてはどうかしら？　でも気をつけてね、小説は駄目よ、とレイラは続ける。目の見えない人たちに長い物語はいらないわ、退屈だから。カタログのような具体的な話がいい。

家庭用電化製品とか、薄地のカーテンとか装飾品、ライオンの頭が二つ付いたイミテーションの真鍮でできた暖炉の薪の置き台とか、田舎の人物が金色で手描きされた美しいリモージュ焼きのボンボン入れとか……。そこで中断して写真の説明をする。これは青い服を着て小さな花束を手にした羊飼いの娘、という風にね。ほら、わかるでしょ。これなら、きっとみんなの気に入るわ。オーロラは心の底から感動した。レイラはグロリアとよく似ている。レイラもグロリアも自分たちの運命をオーロラの運命につなげ、そこからオーロラを脱出させたいと考えているのだ。

レイラには動物保護団体であるブリジット・バルドー財団の視察官になるコネがあった。ブリジット・バルドーは人生を知り尽くした女性よ、とレイラはいう。視察官の仕事には何も特別な資格はいらないんですって、ただ心だけがあればいいの。心といっても、大きな心じゃないといけないけどね。オーロラが、視察官は何を視察するのと聞くと、レイラは情熱的に語り始めた。ペルーやアンダルシアで、それにフランス国内でも、虐待されている動物がたくさんいるの。そんな動物たちに救いの手を差し伸べるのよ。研究所や実験農場で舌を切られたまま繋がれたイヌや、目をくり抜かれたネコ、脚を折った子ウシ、熱を出して震えるサルなど……。レイラはそれ以上語ろうとはしなかったが、オーロラにこの新しい職業について考えて欲しいと訴えた。自分たちの人生を完全に変えてくれるからと。三千万の仲間と六千万の消費者がいれば、食べていけるものなのよ。

オーロラは再びオデオン行きの地下鉄に乗り、疲れた顔ばかりが目に入る夕刻の乗客たちに混じって、レイラの話を思い浮かべた。心だけ働かせばいい人道的な仕事をしたい、とレイラが夢みるのはもっともなことだと思った。今日のように厳しくなった日常生活には援助が必要だ。あなたの視線を頼りにしている人たちをちゃんと見守り、手袋が落ちれば拾ってあげ、扉を開けてあげ、回転ドアを押してあげ、荷物を運んであげる。彼女にはそんなことはお手のものだった。カタログと同じように、具体的なことばかりだ。まずは『暮しの手帖』のような雑誌を読むことから始めよう。『暮しの手帖』というのは比較テストをして罠の裏をかくすべを心得ている。ボルトについた締め金や、電気システムの欠陥を見つけてはテレビの連続ドラマみたいに面白いドラマに仕立て上げるのだ。目の見えない人たちには読んで聞かせてあげよう。あなたはほんとうに衣類乾燥機が必要なのですか？ と。そうすれば捕食者たちの考えついた今流の、メタリックな、電子制御の洗濯機のことだとわかるであろう！

「ねえ！」とつぜんひらめいたようにグロリアがいった。「小さな有袋動物なんてしないで、ヤシネズミってしてはどうかしら？ 異国情緒があるでしょう」

オーロラは足を引っ込めた。

9

不意にバベットが水色のナイロン製のネグリジェのまま、戸口に現われた。ネグリジェといっても、じつは何も捨てないグロリアが、バベットの窮地を救うためにたんすの引き出しの奥から引っ張り出した、ベビードールと呼ばれる恥ずかしい古着だった。バベットは胴とつま先の部分に銀のはめ込み細工がほどこされた黒いワニ皮のメキシカン・ブーツをはき、ガウン代わりに異様に肩幅の広いミンクのコートを羽織っていた。そしてクリスチャン・ディオールのメガネ。コンタクト・レンズが入らないのよ、こんな目になっちゃって！　バベットは指を折り曲げて大きなこぶしを作って見せた。

グロリアがティーバッグの湿布を勧めた。バベットは肩をすくめ、ヤグルマソウや薔薇、オレンジの花の水など、すべて試したのよという。紅茶にはうっ血を治すすごい効能があるの、とグロリアは断言した。オーロラがポットにティーバッグを二袋入れてきた。バベットはそれを両目のメガネの下に貼りつけた。紅茶が汚れた涙のように頬を流れた。

「私、年取ったわ。これが彼の仕打ちなの。私を捨てて、一挙に老けさせたのよ！」といいながらバベットは肩を震わせてしゃくりあげた。

彼女は胸やお尻にぴったりくっついた透けすけのネグリジェを通してすばらしい肉体を露出していた。ちっとも老けてなんかいない、むしろ欲情をそそるほどだわ。オーロラとグロリアは同じことを思った。今この瞬間、ドアをノックして入って来る男性なら、郵便配達人であろうが、警官であろうが、消防士であろうが、向かいの教会の牧師でさえ、バベットに飛びついてくるに違いない。そして彼女を両腕で力強く抱き上げ、極上の品を抱えるように連れ去るだろう。グロリアはこのことをバベットに証明するために、スペイン語の教授を呼び出して裸のバベットを引き渡そうかしら、とふざけて見せた。ちょうど教授の妻が国へ帰っていていないからと。

「彼が私を老けさせたの」と、バベットはいったん言い出したら引き下がらなかった。彼女はメガネをはずして、ティーバッグをはがし、みんなにそのひどさ加減を見せようと再び顔を上げた。やつれ切った顔、ぶよぶよの肌、赤い鼻、薄い唇、狂おしい目つき。彼女の顔立ちにはどことなく整わない、一種の乱れがあった。

乱れ？ とオーロラは考えた。私は物質的な乱れ以外にこの言葉を使ったことがないけれど、なにも物質に限ったことではないかも知れない。彼女は日常生活で語彙をためすのが好きだった。古典文学における固定観念である「乱れを正す」という表現が頭に浮かんだ。十七世紀の人々は乱れを避けていたが、それは当然のことであった。彼らは感動することはかろうじてよしとされたが、けた外れの激情は許されなかった。言葉を間違って使ってはいけない。精神状態や立ち位置を誤って判断することになるからだ。バベットの取り乱した顔をつくづく眺めながら、オーロラはグロリアが無造作に言葉をごた混ぜにすることに怒りを覚えた。彼女は感動と激情の違いに気づかなくても平気なのだ！

「まあ、何ていう顔をしているの、あなたったら」グロリアがバベットに向かっていった。「涙をいっぱいためて。シンポジウムで疲れた上に、夕べはアルコール、それに睡眠薬も呑んだんでしょう、顔がぐしゃぐしゃじゃないの。ほんとうのことをいうけど」グロリアは続けた。オーロラはひやひやしながら、嫌みな言い方だけはしないで欲しいと心のなかで祈った。「正直にいえば、今のあなたは間違いなく醜いわ。でも老けてなんかいない。パイロットといっしょになる前と比べても老けていない。ただあまり綺麗じゃない、かつてほど、パイロットに会う前ほどにはね」

からだをゆすってすすり泣くバベットに面と向かって、グロリアは思い出させた。「あなたはいつも大騒ぎしたわね、鼻が大きすぎる、唇がカミソリみたいだ、近眼で目が飛び出ているって。あなたは自分のことが気に入らないのよね。一度だって気に入ったことがなかったわ。パーマをかけたときも大騒ぎしたし、メガネを変えたときも、ファンデーションを買ったときも、いつも大騒ぎだった。今日は昨日よりましよって、私、何年前から言い続けてきたかしら？」ええっと、と頭のなかで勘定しながら、「二十七年前からよね、今また同じことをいうのに一分とかからないわ」

そう、でもパイロットが彼女に顔のことを忘れさせていたのだ！　私はこの目でちゃんと見てきているの、とグロリアがさえぎった。その証拠に、あなたの顔はこの通り、いつものあなたの顔じゃないの。そしてバベットを抱きしめようと身をかがめ、これが私たちの大好きな顔、私たちの愛するバベットの顔なのよ、といいながら不意にバベットの上に倒れ込むようにして両頬にキスし、彼女の頭を抱え、胸に抱きしめた。

オーロラは、バベットがこのようなグロリアの激情にも狼狽しないことを見てとった。自分なら我慢できないだろう。はたから見ているだけでも苦痛だった。ローラに対しては、グロリアも邪険に扱ってはいたが、もっと機転がきいていた。私の前で気まぐれなんて通じないわよ、あなたはここではスターじゃないんだから！　と生まれてこのかた女優が経験したことのない療法を押しつけていた。

グロリアは、大学では、厳しい、歯に衣着せずものをいう教授という定評があった。自尊心の傷は癒えることなく、その無言の苦しみから、会議の採決で無記名投票のときは、いつもかたくなに盲目的に、断固、反対票を投じていた。同僚たちのあいだで誇示していた微笑みや、ていねいな身振り、熱烈な友情表現は、少しでも欠けると目を覚まさせてしまいかねないこの激しい自尊心に対する贖罪の儀式に過ぎないのかも知れなかった。

グロリアもオーロラに対しては、まだ成就していない誘惑のためにあらゆる魅力を振りまいていた。情熱的に身を投じていたこの借用という大それたハードルを越えなければならなかったのだ。どのみちこれは仲違いの原因になるであろう。オーロラに対する彼女の気持ちからすれば、仲違いなどあってはならないことだった。もしもいんちきがばれたなら、オーロラを帰国させてしまうより、彼女を拉致してでも、ここに引き止めておいたほうがよいだろう。何ということ！　グロリアは頭のなかで現実にオーロラの監禁方法まで考えていた。盗作の許可を取るという厄介な順序をふむよりは拉致するほうが簡単なのだ。私ったら何てばかな！　しかし、たとえば、彼女の帰国を遅らせるという手はどうだろう？　動物園に彼女を雇わせよう。彼女はチンパンジーたちのところに残ればいい。私はここにいて、彼女はあそこ。彼女には紙と鉛筆をあてがおう。彼女は書き、私はパソコンで打つ。彼女は創作し、私はサインする。今からでも遅くはない。準備しよう。すべてうまくいくだろう。

オーロラはバベットを眺めた。バベットは信じられないようなからだをしている。なぜ、信じられないのだろう？　その上に乗った顔のせいだろうか？　あるいは彼女の年齢のせい？　上から見ても下から見ても、細部ではなく、全体としてこれほど美しいからだがあり得るなんてオーロラには想像もつかなかった。子供たちが数え歌のなかで目鼻立ちをひとつひとつ指さして歌っていくように、オーロラの夫は彼女の小さな胸、やせた腰、平べったいお腹、少年のようなお尻を指さしながら、いちいち欠点を指摘したものだった。オーロラは心のなかで思った。私にはからだなどないし、顔もない。他人の顔をしているわけだから。しかしバベットにはからだがあり、顔がある。バベットは五〇年代によく寝室に掛けられた下品なヌードポスターに負けないくらい扇情的だった。夫婦のベッドの前にそのようなポスターを飾る神経もさることながら、大胆にもバベットのからだを自分のベッドに寝かせたのはどんな男性だったのだろうとオーロラは自問した。

彼女はバベットを眺め、魅了された。それまで知らなかったバベットの肉付きのよいからだ、大きく張った乳房、丸いお腹、いっぱいつまったお尻、大きな腰、中央が蟻のようにくびれた胴体。

ああ、なんて美しいからだをしているのだろう。オーロラは恥じらいもなく自分のからだをさらけ出すバベットに感謝した。できることなら触ってみたい。この手に彼女の乳房をのせると重いのだろうか？　お尻はどれくらい柔らかいのだろう？　感じてみたい。大きな動物の背中をさするように、この掌で彼女の背中をさすってみたい。ああ、こんなに美しい人がいたのだ。それなのにみんな不快な言葉で私に隠していたのだ。オーロラは数えきれないほどの愛撫を犬たちや猫たち、鳥たち、男性たちにふりまいてきた。そして自分は男性を愛撫して楽しかったことなどなかったのではないかと思った。そう、一度もない。この瞬間、オーロラは確信した。自分はめったに男性を愛撫したいと欲したことがないのだと。顔にしろ、口にしろ、胸にしろ、お尻にしろ、太腿にしろ、愛撫したいと思ったことがない。にもかかわらず、どことなく疑い深い手で、なんと熱心にそれを繰り返してきたことだろう。

「あら、それ何？」動物が再びうるさく動きまわるプラスチック製の箱を指さして、バベットが訊ねた。

「ネズミよ」グロリアは挑戦するかのように答えた。

バベットはメガネをかけ直しながら、近づいた。

「どうしてネズミなんていうの。これ、トビネズミじゃないの。アルジェリアにたくさんいたわ」グロリアにはネズミとトビネズミの区別がつかなかった。

「ネズミなんていったら、嫌な感じでしょ。でもトビネズミといえば、個体を正確に認識できるし、小型のカンガルーを飼っているって感じで素敵でしょう」バベットは続けた。

グロリアはむっとした。ネズミのことはネズミと呼ぶしかないのでネズミといったまでのこと。バベットのアルジェリアン・トビネズミなんて知ったことじゃない。それにペットショップでいまどきの子供はみんなこれを欲しがりますよといわれ、つかまされそうになったティティマウスだって知ったことじゃない。これは正真正銘のネズミ。不恰好なしっぽをした、とても醜いネズミなのだ。彼女は自分のいうことにいちいち揚げ足を取るバベットに我慢ならなかった。そして暴行や、毒殺、虐殺に満ちていながら、念入りに露骨な言葉を避けて言語を殺菌し、当たり障りのない語彙しか使わないこの嫌な時代にもうんざりしていた。

「もういい、もういい」バベットがうめくようにいった。

「この世界にはね」グロリアは続けた。「人間一人にネズミが十匹いるの、もうすぐ百匹になるわ。そして将来、私たちがひとりで取締まらなければならないネズミは千匹になるでしょう。そうなれば私たちがネズミの奴隷になって、ネズミなんて呼べなくなり、旦那さまって呼ぶことになるでしょうよ」

「もういい、もういい」バベットは繰返した。

「ちょっと！」グロリアは怒鳴った。「もういいなんていわないでよ。ここはまだ私の家よ。私の台所なの。そうでしょう？　私にはまだしたいことをし、いいたいことをいう権利があるのよ」グロリアは平然と、しゃべり続けた。今の社会ではあまりにも過激な思想や、あまりにも明確な考え、あまりにも具体的な言葉は、責任を取らなければならないのが怖くて、もはやかっこつきでしか使えなくなったという。彼女は両腕を広げ、人差指を立てて、太った灰色のカモメのようにからだを揺すりながら、台所を行ったり来たりした。

「……授業中でも、前もって弁解しないで発言する学生はひとりもいなくなったわ。テレビに出演する知識人でも、あくまで個人的な意見ですが、という魔法の合図を送らないで視聴者に何かを主張することはなくなったし」といいながらグロリアが虚空に弧を描いたとき、オーロラは唖然としたが、その身振りから、かっこを表していることがわかった。

「あなただってあなたの私生活やあなたの仕事面で、いくつかはかっこに入れなければならないことがあるんじゃないの。もしあなたに私のいいたいことがわかればだけれど……」と、今度はバベットが膨らませた髪の毛の両側に弧を描きながら、反論した。そしてとつぜん黙り込んだグロリアに注意を促した。「あなたのネズミ、元気がないわ。お水やったの?」

「しまった!」水入れが空っぽなのに気づいて、グロリアは叫んだ。

彼女が流しへ飛んでいくと、オーロラが窓辺に寄りかかって、道路を眺めていた。向かいのバプテスト教会の前はたくさんの車で混雑していた。男性信者たちがゴム・プールを膨らませ、草の上に人工芝のカーペットを広げている。彼らの仕草は朝の陽光を浴びてきらめき、そこかしこに太陽の種まきをしているかのようだった。

「今日は復活祭だから、準備しているのよ」ネズミの水入れに水を注ぎながら、グロリアは説明した。

10

電話が鳴った。オーロラは身じろぎした。彼女にはアメリカという巨大な国の真ん中にあるこのすばらしい大学と、とりわけコンピューターでロックされたこの家で、外界と接触することなく人生が繰り広げられているように思われた。台所の流しの上の小さな結び目で止められたナイロン・カーテンに隠れた窓からは、外の道路を片目でのぞけるだけの隙間しかなかった。誰もここにいる私に連絡することなどできないだろう。どんな緊急事態、どんな不幸があっても、外界の騒音を何重にも遮断しているこの家のなかまでは伝わってこないだろう。とりわけフランスからの緊急連絡は届きようもない。ここではフランスなど存在しないも同然だった。彼女は動物園のことを思った。やっと連絡してきたのかしら！

「オレイシオから電話よ」とグロリアがバベットに受話器を手渡そうとした。それをバベットは力ずくで押し返した。オーロラはオレイシオがバベットの助手だったことを思い出す前に、一瞬、彼女の別れた夫のパイロットからだと思った。バベットは電話に答えるグロリアに向かって、今朝は助手にとても腹を立てていることをいらいらした身振りで伝えた。

「十一時ちょうどにうちの前に着いていないとだめよ」グロリアは、目でバベットを追いながら、彼女の伝言を告げた。「十二時の飛行機に乗るんだから、それでもぎりぎりなのよ……いいえ、バベットは荷物をチェックインしないそうよ……あなたが彼女のパソコンを持っているのを忘れないでね……そんなことない。あなたが持っている。それに書類もね……いいえ、書類を荷物のなかに入れちゃだめよ……彼女はコピーを持っていないんだから……それじゃ、わかったわね……彼女は元気かって？　それはあなたが自分で見届けなさいよ……彼女はあなたによろしくっていわないわ！」

それから快活な、こだわりのない口調から急に命令調になって、いった。

「もうひとりのほうに代わりなさい！」

「もうひとりって、誰ですか？」

「バビルーに決まってるでしょう。何いっているの。彼があなたと一晩いっしょだったたってことを私が知らないとでも思っているの？」

「彼は眠っています！」

「それじゃ起こしてきなさい！」

電話の向こうのオレイシオがバビルーを起こしに行っているあいだも、グロリアは沈黙を埋めようと、「彼、眠ってるんですって」と台所の女性たちのほうに振り向いていった。怒鳴られるなら電話のほうがましだよ、大声で怒鳴られたら、耳から受話器を離して勝手にしゃべらせておけばいいんだから、と上司の電話に出るよう説得している。「ちぇっ、中年おばさんにはうんざりするよ」受話器を手にしながら、バビルーはうなっていた。

「あの腐ったやつ、カナダ人参加者たちを空港まで送って行かなければならない時間に眠っているなんて！」グロリアはぶつくさいいながら、攻撃的な尖った顔になった。憎しみのこもった目つきで、あごをこわばらせ、唇をぎゅっと結んでいる。どっしりしたからだは、片足からもう一方の片足へ体重を移動させながら、バランスを取っている。そしてやつにはうんざりする、うんざりするわ、と悪態をついた。

「イースターおめでとうございます。キリストが復活されました！」電話に出たバビルーは、はずんだ声でささやくようにいった。

グロリアは怒り心頭に発した。


シンポジウムが終わるたびに、グロリアと助手のバビルーは緊張が積もりつもって、絶交すれすれの危機におちいった。理由のひとつは、バビルーがミドルウエイのシンポジウムを利用して過度の性衝動に身を任せることだった。相手は、このような熟年の、強い女性たちの周りにかき集められた感じのいい若い男性たちだった。彼はフェミニズム式典を男性祭とし、研究会議の持つ真面目さ、真剣さ、厳格さに負けず劣らずの娯楽、滑稽さ、心遣いでもてなした。要するにフェミニズム・シンポジウムには二つの顔があった。内側ではグロリアが研究者たちの発表を指揮していたが、バビルーのやっている外側のほうがより面白かった。

グロリアがはじめてバビルーのことを耳にしたのは、婦人科で診察を受け、足押えで両足を固定され、膣鏡を体内に入れられたときだった。女性の婦人科医が自分の息子のことを嘆いて話したのだ。彼女の息子は最初、中国の建築とアイスランドの音楽の勉強を始めたが、今になってフランス語を勉強したいと言い出したらしい。女医の口調から、フランス語が前の二つの科目に比べ、まったく価値のない科目とまではいわないまでも、少なくとも母親をがっかりさせたことは確かで、息子は能無しだと認めざるを得ないと感じているようだった。グロリアは上向きに寝かされ、両脚を空中に上げたまま、フランス語の弁護にかかったが、そのあまりの情熱に婦人科医は検鏡をのぞくのをやめ、グロリアの顔を見つめて、その売り込み口上に異議をとなえた。

「それではフェミニズム研究はどうでしょう?」グロリアはやっとのことで上半身を起こしながら、訊ねた。

「ふうん……」膣鏡に没頭する婦人科医の返事はつれなかった。

「それではフランス語圏研究はいかがですか?」からだをぎこちなく検査台の上に戻しながら、グロリアは持ちかけた。これでもまだこの婦人科医はフランス語など未来の分野ではないと異議を唱えるだろうか!

「あなたがそこまでおっしゃるのでしたら」と婦人科医は同意した。

「それ、まだ抜いていただけませんか?」グロリアは膣鏡を指さしながら、訴えた。

「あらまあ、私としたことが何を考えていたのでしょう!」と女医は謝った。

いってみれば、グロリアはその日、助手のバビルーを産んだのだった。

バビルーというニックネームの、薄いブロンドの髪の毛をしたチビ青年が婦人科医を保証人として研究室に現われたとき、彼女が大喜びをしたといえば嘘になる。それまでホモ・セクシャルの男性はみなハンサムだという固定観念を疑ったことのない彼女は、じつはそうでもないことを思い知らされたからだ。男性の美しさをホモ・セクシャル固有のものだと考えていたので、彼女は分別をわきまえ、自分が好きになったあらゆる美形男性を避け、大してハンサムでもない、格好も良くない映写技師に決めたのだった。バビルーに対する憎しみはこの幻滅に端を発していた。そしてその肉体的欠点を補うに違いないと単純に期待していた魂や精神も、それを補うどころか、欠点の一部をなしているにすぎないことに気づいたとき、彼女の憎しみは倍増した。バビルーは肉体が醜いだけでなく、それ以上に精神が醜かった。グロリアは自分の研究室に敵を侵入させてしまったわけだが、彼を一刻も早くお払い箱にする代わりに、彼女の活動の原動力となっていた潜在的な怒りをあおるために利用した。彼女は絶えずバビルーに腹をたて、彼を奴隷のように扱った。彼もうわべはそれに応じた。その反動で、ほかの部下たちに対する彼女の権威は和らいだ。

こうしてバビルーはひじょうに特殊な助手、何でもする部下となった。娘のクリスタルに最初に運転を教えたのも彼だった。女上司のおんぼろ服をクリーニング屋へ持って行き、彼女がダイエット中、猛烈にお腹がすいたといえばフライドチキンを買いに走り、彼女の家の悲惨な観葉植物に水をやり、誰も気にしてやらなくなったネズミに餌や水を与え、二度の引越しのあいだに映写技師の小型トラックを洗ったのも彼だった。

彼は数週間前から、グロリアがオーロラの小説のなかの一冊から黄色い蛍光ペンで抜粋した箇所を特別のワープロで英訳していた。一語一語翻訳し、人差指で一文字一文字キーボードをたたいていくこの仕事が彼は嫌いだった。ワープロのスクリーンが劣悪なため、目に涙をためながら、毎朝一回分を上司に送信するために、夜のうちにこの嫌な仕事を完成させなければならなかった。朝、目を覚ましたグロリアが一番にそれを自分のパソコンで読むためだった。

それは表向きには、オーロラ・アメールの作品の概要を断章に分け、フェミニズム研究グループの学生たちに配るという趣旨であった。しかしバビルーは、かつて鍵をくすねて引き出しを開けたように、上司の秘密のパスワードを使ってパソコンのファイルを開け、自分の翻訳が上司、グロリア・パターの書いている小説、『アフリカの女』の材料になっていることを発見した。

彼の翻訳作業の遅さと一貫性のなさから、小説はほとんど進行していなかった。それでも物語の骨格はできていた。小説の舞台となるアフリカの村に住む純朴な少女が、レーヌ・マブの経営する売春宿でポルト・バナナの生活を発見するという筋書きだった。ポルト・バナナはグロリアの故郷だった。

彼は即座にミッシング・エイチ大学のオレイシオに電話をし、重大な裏工作が進行中だと告げた。

「うそだろう?」オレイシオは例によって相手をけしかけるような口調でいった。

「ほんとうってば！　すごいからくりだよ！」バビルーは反論した。

オレイシオはバベットに会いに行った。彼は来客が全員出て行くのを待って、ドアを閉め、バベットの正面に座って、グロリアが小説を書いているのをご存知ですかと訊ねた。

「小説ですって！」バベットは背中を突き刺されでもしたかのように叫んだ。自分とグロリアとの競争において、バベットが確信していることがひとつだけあった。それは、グロリアは決してものを書かないということだった。コンピューターを駆使し、インターネットで世界じゅうに伝言を発信し、書類を配布することはできるが、頭は空っぽなのだ。誰かが小説を書くとしたら、それは自分なのだ、自分はどうすればいいかわからないほどアイディアでいっぱいなのだから。

「そうなんです。アフリカの女という題だそうです！」オレイシオは続けていった。

「グロリアはアフリカを知らないじゃないの！」バベットが口をはさんだ。

「そんなことはどうでもいいのです」それからオレイシオは事件の核心を突いた。

「バビルーがオーロラ・アメールの原稿をところどころ翻訳し、それをグロリアが組立て、細工をしてごまかし、縫合し、こちらで一語をけずり、あちらで名詞を入れ替えるということをしているらしいです」

「そんなの盗作じゃないの！」バベットはいった。

「ぼくはそんなことはいっていません」オレイシオは責任を逃れたいばかりに、否定した。

「しかしこれは重大なことよ。私たちは距離を置かなくちゃいけないわね。シンポジウムの参加者たちにショックを与えないようにしなくちゃね。変な評判をたてられたくないから……」

バベットは小説がだいぶ進行しているのかどうか訊ねた。いいえ、バビルーがほんとうのことをいっていると信じればのことですが、まだ翻訳に出来、不出来のある引用のつぎはぎに過ぎません。それじゃ、私がグロリアに話すわ、とバベットはいった。彼女と議論しなくてはならない。

バベットはグロリアに電話した。グロリアは何のことかわからない振りをした。グロリアの秘密のパスワードでファイルが無理矢理開けられたとか、バビルーがオレイシオに告げ口したのだけれど、どちらも事件に巻き込まれたくないとか、彼女に話すのも容易なことではなかった。それがどうしたっていうの！　本を読まない学生たちのためにダイジェスト版を作っているのよ、とグロリアは投げやりな返事をした。彼女にはオーロラ・アメールを広汎な読者に知らせようとすることのどこが非難されるのかわからなかった。『アフリカの女』というのはファイルの名前に過ぎず、その仕事は終わっているのだ。

これまでにもひとりならず白状させたことのあるバベットは、議論を再開した。彼女はオーロラ・アメールがこの件に納得していることを確信しておきたかった。グロリアはいらいらしながら、まず作品の相互関連性について、次に口語体偏重について語った。文学は、言語がそれを話す人間のものであるのと同じように、それを読む読者のものでしかありえない、前時代の著作権とかいうけちなやり方は通らないのだ。バベットがこれを盗作というのなら、盗作しない人なんていないわ！　とまくし立てた。

その口調があまりにも激しいので、バベットは受話器を耳から離さなければならなかった。バベットの前を行ったり来たりしていたオレイシオは、部屋を出て行った。グロリアはかんかんになっていた。誰が何を盗作するというの、誰が誰の盗作をするのよ？　白人どもは私のアフリカを盗み、私の大地を荒し、私の木々を奪い、私の空を奪った。私は、捕えられ、鎖をはめられ、殴られ、強姦され、辱められ、洗礼を受けさせられた奴隷の子孫よ。私を根無し草にして、私たちの国を植民地にしただけでは足りなくて、今度は本にしようというの！

「私はね、あなたがオーロラのことを好きなんだと思っていたわ！」

「私、私が好きなのは、アフリカなの」というグロリアの声にバベットは涙を聞き逃さなかった。

それから二人は話題を変え、自分たちの助手を槍玉に挙げた。やつらは私たちの敵よ。夜中に、私たちのコンピューターの秘密を電話で洩らし合ったりしているんだから。

11

「あいつをたたき出して裁判にかけてやる」グロリアはコーヒーのお代わりをしながら激しい剣幕を見せた。そしてコーヒーの飲みすぎかしらと自問した。

「あんな子、首にしなさいよ」悲しみで胸がいっぱいのバベットが口をはさんだ。「でもそのあと誰か雇わないといけないわね。それでも女の子はやめたほうがいいわよ……。男の子はみんなあの程度だけれど！」彼女は自分の経験から話していた。

バベットの助手のオレイシオは、外見は申し分なかったが、シンポジウムに行くたびにバベットを困らせた。彼女は三ヶ月も前から、彼の発表課題について、なかなか良いテーマを選び、内容も興味深いものになっていると、彼を安心させていた。草稿を読んで直してやるのだが、あまり直しすぎないように配慮した。でなければ、彼は自信をなくし、絶望するのだ。私はあなたのことを気にかけていますよという証《あかし》に、彼女は鉛筆でチェックを入れた。朱は入れなかった。薄い鉛筆で、二ページに一ヶ所くらい直し、よく書けていると褒めてやるために鉛筆の入らない箇所を大幅に残すことを忘れないようにした。最後に、彼はタイプされた原稿を再度バベットに渡して見直してもらった。原稿と距離を置く必要から、彼は自分ではタイプを打たず、文学部の経費でかき集めた秘書たちにタイプさせた。三日間、秘書たちは赤いマニュキュアをした長い爪をオレイシオの原稿を打つのに捧げた。

　バベットは今回の出張旅行でもオレイシオを大目に見ていた。彼はとても不安な様子で、虫歯予防ですといっては、しきりにガムを噛み、見事な歯の持ち主なのに手入れに余念がなかった。バベットは、結局、彼の面倒を見るのが精一杯で、自分のことは何もできなかった。ただ飛行機のなかでは自分の研究発表の原稿を書かなければならないからと釘をさしておいた。それでも飛行機が着陸するまで彼女はオレイシオに研究発表のことや彼の今後の進路など、オレイシオのことをしゃべる以外、何もできなかった。彼は発表が上手くいきそうにない、そんな予感がするという。そもそも彼の成功はバベットのお蔭以外の何ものでもなかった。もしもバベットが彼を見捨てたなら、彼は存在しないも同然だった。

　バベットは機内持ち込み用のかばんしか持っていなかったが、助手の預けたスーツケースのせいで長いあいだ待たなければならなかった。彼はバベットに言い訳した。自分は皺だらけの服を着るのが嫌だから荷物が多くなるのだと。それって皮肉？　彼女は自分の身だしなみの悪さが気になったが、運よく、ミンクのコートが、なかに着ている皺くちゃのブラウスや膝の出たスカートを隠してくれた。バベットの腕にしがみつくようにして、ミンクの袖をやさしく撫でる彼。毛皮が大好きなのだ。

　シンポジウムのホテルに着くや、彼はいきなりバベットの部屋に駆け込んだ。彼女のほうは考えの辻褄をなんとか合わせようと必死になっていたが、もはや原稿を書き直すだけの時間はなかった。彼は自分の原稿に一ヶ所ページ付けの間違いがあるという。何とかしてください！　彼女は二〇八号室の円卓会議で発表することになっていた。そこには彼も登録させていた。彼女には飛行機の二時間、補講の段取り、それにシンポジウム特別料金のホテル代二百ドルにちゃんと見合うだけの考察に達するのにあと一時間しかなかった。とうてい無理に決まっている。彼女は微笑んでみせたが、彼はぶつぶつ文句をいった。

「先生はぼくのいうことを聞いていない！」

「聞いているわ！」

「ほら、そんな答えしかしてくれないじゃないですか！」

バベットは謝った。旅行で疲れているのだと。かろうじて手をつけたばかりの自分の原稿のことにはひとことも触れなかった。

オレイシオの発表は見事だった。才気に満ち、魅力的で、その上、とても礼儀正しかった。聴衆の注目を浴び、会議が終わったときには二件もの契約オファーがあった。二件とも一流の大学からであった。バベットは発表する段になって、皺くちゃのブラウスを着た自分がみじめになった。演台でミンクのコートを羽織るわけにもいかなかった。エレベーターのなかで出席者のひとりに、先生はなぜ野生動物の虐殺を支援するのですかと、とげとげしく詰問されたばかりだったのだ。

ほかの事、つまり肝心の研究発表に関しては、自分の講演を聴きに来た人たちがすでに使ったことのあるお決まりの手管を使ってなんとか切り抜けた。彼らはにやにや笑っていた。オレイシオは、自分の発表が秀でていただけに、バベットの講演がその分くだらないものに聞こえ、眉をひそめた。バベットは仕方なく枝葉末節の小話に頼り、重苦しい笑いをいくつか引き出した。オレイシオは黙して笑わなかった。彼女は情けなかった。こともあろうに、自分の助手の目の前で恥をかくとは。ぱらぱらと拍手も起こったが、オレイシオはじっと座ったまま、最後まで厳しい顔をして、思いやりのかけらもなかった。

ベルベットや金メッキで飾り立てた、品のないこの高級ホテルで、彼女は浜辺に打ち上げられたクラゲのような気分だった。ここに来ても何もいいことがなかった。はやくこの場を去りたかった。せめて夕食ぐらい外に出て、ほかのものを見てみたかった。オレイシオが良いレストランを知っていた。しかし彼はバベットのお供をすることができないという。彼の発表後、すぐに賛辞を述べに飛んで来て、彼をロンドンに招聘してくれた著名なシェークスピア学者を町に案内することになったのだ。ごいっしょには帰れませんといいながら、さよならをいう代わりに、この町では大っぴらにミンクのコートを羽織って歩きまわらないほうがいいですよなどとのたまうのだった……。

ほんと！　ほんと……。グロリアは空になったコーヒーカップを置きながら、わめき立てた。うちのバビルーだってあれほど無能でなければ、オレイシオと同じことくらいやるわよ。彼女は壁にかかった写真を指さしながら、いった。バビルーったら、このオラクル氏に自分は大学の芸術監督をしていて、オラクル氏の戯曲のひとつを舞台にかけるつもりだなどと信じ込ませたらしいの。観光案内を買って出てキャデラックに乗せ、さんざん無駄話をしているうちに、オラクル氏が車に酔ってしまった。バビルーはただちに人里離れたところに車を止め、ドアをロックして、老人の目が見えなくなるまでフラッシュを浴びせ、写真を撮りまくったらしいの。後日、オラクル氏は網膜をやられたと愚痴をこぼし、長いあいだ黒メガネに白い杖という出立ちでしか公に姿を現わさなくなった。オラクル氏はミドルウエイをブラックリストに載せ、この大学を非難した。自分の大事な仕事の邪魔をされ、そのせいでノーベル賞を取りそこねたとかいっているらしい。卑劣な手口しか使えないのよ、うちのバビルーは、卑劣な手口しか……。

同性愛の問題はオーロラにとってただ単にありふれた、低劣な、みだらなこととして片付けられるものではなかった。彼女は東ベルリンのすばらしい動物園を訪ねた日の夜以来、人にはいえない深い心の傷を抱えていた。彼女をホテルまで送ってくれたフランス人の外交官が、長らく別居しているオーロラの夫のことに触れたのだ。共通の知人たちの近況を噂しているうちに、偶然、会話が彼女の夫のことになった。彼はインドネシア勤務のときにホモになりましてね、と外交官は話しはじめた。現地の男たちと深入りして、ハンサムな給仕頭をフランスに連れて帰ったんですよ！　外交官はオーロラの方を振り向いた。そしてかみさんを厄介払いしたってわけです！

かみさん、そう、彼女がそのかみさんだった。それはとても暗い冬の夜だった。夜のことだし、しかも彼らがまだ鉄のカーテンの向こう側にいたことも都合がよかった。彼女はこの暴露情報を、ついでにあなたの部屋に上がって寝酒を一杯いただこうかな、などと言い出す外交官の口のなかにとどめておきたいと思った……。

彼女はグロリアやバベットとは同じでなかった。バビルーも、オレイシオも、彼女を笑わせることはなかった。二人とも、彼女を嫌い、彼女を拒み、彼女を憎む人たちと同じように、彼女をぞっとさせた。二人は、夫が決定的な別れの前兆として彼女が書き送ったすべての手紙を送り返してきたときに彼女に負わせた心の傷を、再び、開いたのだった。夫は手紙を粉々に破いていた。分厚い封筒を開けると、手紙が無数の紙吹雪となって舞い散った。

オレイシオはバベットが予想していたよりも早くイギリスから戻ってきた。彼を失ったと思ったバベットは、まだぬくもりの冷めやらぬ彼の椅子に、彼が嫌っていた女の子を座らせていた。バベットは二度と人に愛着を抱くまいと心に誓っていた。仕事、仕事、仕事、以上！

オレイシオはロンドンが楽しめなかった。バベットは三ヶ月しか持たなかった著名なシェークスピア学者との関係について何も聞かなかった。オレイシオは黙って助手たちの最下位からやり直すことになった。必ずや年度内にバベットの研究室に戻り、陰気で、ハンサム、むっつりながら、再び彼女の知的生活にとって不可欠な存在になりたい一心だった。パイロットが彼女の愛情生活にとってそうであったように。

オレイシオはバベットが興味を持つ話題について対等に議論のできる相手だった。彼らは朝早くからコーヒーを傾けながら、議論した。大学の文学部は順調に機能していた。二人は協力してフランス文学とヨーロッパ文明講座の一年間の教案を作成した。研究室にはシェークスピア研究に四人の学生、フェミニズム研究に十五人、プロヴァンス料理の語彙研究に二十二人の学生が在籍していた。すべて上手くいっている！　シェークスピアにとって良いことだわ。彼らはもちろんオレイシオのことを話していたのだが、同時に愛するシェークスピアのことを指していた。二人は完璧な英語でシェークスピアを引用し、活気のある、韻を踏んだ芝居がかったアクセントを強調した。

　パイロットが去るという不幸のさなか、ババベットにはオレイシオが残った。ミドルウエイへ来るときも、彼は病人をかばうように、ババベットがミンクのコートを羽織るのを手伝った。空港では彼女のために目薬を買いに走った。タラップを降りるときは、そっと彼女の手をとった。そして夕べはシンポジウムの打ち上げに、バビルーと二人で出かけたのだった。ババベットは、髪の毛を染め、ケンケ灯のランプの光で焼けたように目の縁が赤い、おめでたい顔をしたあの著名なシェークスピア学者が、オレイシオを多少なりとも魅惑したことは認めていた。彼女自身、惹かれたくらいだ。それにしても、知的な面でオレイシオの足元にも及ばない、しかもハンサムでもないバビルーのような哀れなジゴロにオレイシオが夢中になるなんて、彼女には耐え難いことだった。いったい彼に何が起こったのだろう？　ババベットはまたしても捨てられた思いだった。最初はパイロットに、そしてオレイシオに、次は誰だろう？　しかし彼ら男性たちはどうしてしまったのだろうか？

12

シンポジウムの閉会を祝して、バビルーは彼女たちを西部へ向かう幹線道路沿いにあるブルー・バーという家畜小屋のようなディスコに案内した。黒人の大男たち数人とすごく太った赤毛の男がひとり、ビリヤード台のそばに陣取っていた。遠距離運転に戻る前に最後の一杯のビールを飲みに立ち寄った大男たちは、とてつもなく広い駐車場に車を止めた超大型トラックの人間バージョンのようだった。グロリアは聞き覚えのある音楽のテンポに乗りながら、指を鳴らした。するとバビルーが彼女を狭いダンスフロアへ引っ張って行った。二人はからだをくねらせ、踊り始めた。小さなからだでコオロギのように動き回るバビルーと、ずんぐり重そうで不器用なグロリア。そこにバベットが合流した。バベットは二人を引き離しながら、一方と、また他方と、ほかのところへ飛んでいきたそうなコオロギを引き止めようと骨盤を動かし、婚礼ダンスを踊った。ローラ・ドールはフロアに釘付けになっていた。オレイシオが女優を両腕に取り、頬ずりをした。

「おいでよ」彼女たちはオーロラに向かって呼んだが、彼女は、踊れないわ、と黙って合図した。

「いいのよ、私たちと同じようにしていればいいの。即興なんだから」グロリアが叫んだ。

オーロラはしぶしぶ立ち上がった。からだがこわばり、足を踏み出すことができなかった。彼女は不愉快なジレンマに陥った。周りの注意を引かないために踊ろうとしたのに、動くことができず、反って周りの注意を引いてしまった。彼女はオフビートで頭を振り、リズムを取ろうとしたが、音が大きすぎて聞きとれなかった。バーにいた男が、彼女は踊りたいのに勇気がないのだと早合点し、ダンスフロアへ連れて行こうとした。彼女は抵抗した。男があまりにもきつく手を握り締めたために指先が真っ青になった。

オーロラはほかの人たちとはいっしょには行くまいと思った。からだを激しく動かして、頬や、腹部や、乳房の振動を感じるようなところへは行くまい。男は彼女を屈服させようと片脚を彼女の脚のあいだに押し込んできた。彼女はよろめき、倒れそうになった。人と共有できるものがこれほどまでにないとは！　最低限の言葉さえ思いつかず、足には足で格闘するしかなかった。彼女は必死になって木製のビリヤード台にしがみついた。蒼白になった彼女の関節を無視して、男は彼女を倒そうと躍起になった。

オーロラはどこだったかあるナイトクラブのダンスフロアでパソドブレを踊る大勢のカップルたちの真ん中で、もっと簡単に暴行される女の子を見たことがあった。女の子と一緒だった男は彼女をダンスフロアに押し倒し、二段階で三回のうねり、それでことは終わった。ぶかぶかのチュールのペチコートのまま床に押しつぶされた女の子は、瀕死のハエのように腕を揺り動かしていた。今や、間違いない。この男は私に平手打ちを食わそうとしている。敵の脚から逃れようとうずくまって、彼女は考えをめぐらせた。男は今に強烈な平手打ちを食らわせ、私を気絶させるつもりだ。オーロラはわめき立てた。「やめて、やめて、やめてよ！」

仲間の女性たちが駆けつけると、男はぷいとその場を去った。彼女たちは頬を紅潮させ、汗ばみ、はあはあと息をきらしていた。オーロラが顔面蒼白なのに気づき、「これを飲んでごらん！」とビールのボトルを差し出した。オーロラは、最初の一口しか飲めないことも、苦いビールには吐き気を催すことも、泡があごに流れることもわかっていたが、それでもボトルの口に唇をあてた。「ウイスキーのほうがいいかしら？」ローラが訊ねた。

オーロラは頭をのけぞらし、ビールを飲み干した。彼女はもう一本、とお代わりした。ほら、オーロラがいい気持ちになったわ！　とバベットは、まるで違うと思っていたオーロラがじつは自分と同じ肉体からできているのを知って、みだらな満足感からいった。オーロラが飲み干すと、女性たちは拍手喝采した。彼女たちはオーロラが楽しむのを見ると嬉しかった。楽しむですって？　オーロラは死にそうだった。溺れて死にそう、と彼女は思った。アルコールのせいか、音楽の音が少し小さくなった。

彼女たち四人は背もたれの付いた高い木製の椅子に詰め寄って座り、客たちの視線にさらされていた。赤毛の男がビリヤードの玉突き棒でみだらなしぐさをした。「てめえ、女の写真が欲しいのかい？」グロリアがすっとんきょうな声を出した。この上なく下品なアクセントの卑猥な言葉だった。オーロラは心のなかで思った。この種の争いは最善の場合でも、「このあま」、「この下衆野郎」、最悪の場合には、「汚らしい黒んぼめ」と「白い雄め」の応酬となるだろう。取り返しのつかない言葉の暴力だ。

「まあ、あれは何よ！」赤毛の男との口論をよそに、グロリアが叫んだ。「うちの若い連中が何をやっているか、あなたたち、見える？」彼女たちは振り向いた。バビルーが、ハンサムで、近寄りがたいオレイシオを両腕に抱き締めている。二人は他の客のことなど目に入らず、彼女たちがいることにすら無関心で、スローテンポの、優しい、悩ましげな、限りなく情熱的な愛のプレリュードを踊っていた。

「それならそういってくれればよかったのに！」バベットはいった。彼女はあごが震えていた。グロリアはいい気味だと思った。オレイシオはバビルーと同じ穴の狢《むじな》だったのだ。

「でもオレイシオのほうがはるかに格好いいわ」バベットは自分の助手をかばった。

「見ればわかるわね」とグロリア。彼女たちはオレイシオがバビルーの愛嬌のある顔を手に取ってのけぞらせながら長い、長い口づけをするのを目の当たりにした。

「私、思うんだけれど」バベットが落ちつきを取り戻して、いった。「私たちがこんなに苦労してキャリアを積み、さまざまな犠牲を払いながら生きてきたのは、ねえ、こんなカンザスくんだりまで来て、二人のばか者がオルガスムに達するのを見るためじゃないわよね。まったく、このダンスフロアは気が滅入るわ。まるで公園の砂場に釘づけにされ、欲しくもなかった子供らがはしゃぎまわるのをとことん見ていてやらなければならないって感じね。地獄よ！」

彼女たちは立ち上がった。グロリアの挑発の結果がどうなるかなぞ、考えてもいなかった。太った赤毛の男は彼女たちを通そうとしなかった。男はドアをふさぎ、オーロラに「口づけさせろ」と要求した。グロリアは想像もできないくらい激しく、迅速に反応し、男を威嚇した。そばにいたローラは思わず、吹き出した。バベットはそれまで試す機会がなかった数々の汚い英語の語彙を総動員して、それらが通じるかどうか知りたくてたまらないかのように、早口でまくし立てた。グロリアはこぶしを上げて赤毛の男に飛びかかろうとした。

やっぱり、こうなってしまうんだ、とオーロラは思った。そして首をすくめた。「バビルー！」グロリアがホールの奥に向かって叫んだ。バベットは「オレイシオ！」とうなり声を発しながら、かつて覚えた英語の罵詈雑言《ばりぞうごん》がミドルウエイのこのバーでどの程度通じるか試していた。

しかしバビルーもオレイシオも彼女たちの叫び声など耳に入らなかった。二人は眼を閉じ、下腹部をこすり合いながら踊っていた。オーロラは、セクシーに腰をくねらせて歌うエルビス・プレスリーを思い出した。彼女は頭から拭い去ることのできないみだらなシーンを目の当たりにして「いやらしいエルビス」とつぶやいた。

「バビルー！　オレイシオ！」ローラが口をとがらせ、大声で叫んだ。彼女たちは四人とも、バビルーとオレイシオを呼びよせてこの場をなんとかおさめてもらおうと必死だった。グロリアはトラック運転手の腕のなかで、このときばかりは、アメリカも、男性も、白人も、あそこのホモたちもすべてをひとからげにした憎しみをバネに、格闘していた。そのときカウンターの背後から助け船がやってきた。給仕と、ショーに飽きた二人の客だった。グロリアを解放するために、今度は彼らが大男にしがみついていかなければならなかった。女性たちはその場から逃げ出したが、助け船の男たちがドアの敷居から面目を保とうと彼女たちをののしった。けがらわしいレズたちめ！　そして彼女たちも面目を保とうと、車のエンジンをフル回転させながら、腕や指を使ってみだらなしぐさで応酬した。

「私たちがみんな無事帰宅したかって、あのバビルーの馬鹿が訊いていたわ」グロリアが誰にともなくいった。

「それじゃ私、そっちは充分やれたのかって訊いてやろうかしら？」バベットは不満げにつぶやいた。

13

「ガチャン」グロリアが受話器を置くのを待ち構えていたように、バベットはいった。「もうすぐ助手が迎えに来るんだけど、誰か空港まで乗せて行って欲しい人はいない？」

オーロラは出発がこんなに迫っていることを忘れていた。彼女はまだこれから目覚める長い春があるように思っていた。自分はパリへ帰りたいのだろうか、と自問さえした。彼女はどこへ行っても、いつまでもそこに留まろうとする強迫観念にとらわれた。ニューデリーの国際知識人会館にいたときもそうだった。そこでは昼夜を問わず、何時でも、とても濃い紅茶を飲むことができた。彼女は紅茶に薔薇のゼリーを入れ、甘くして飲んだ。宿泊した部屋は、緑色のオームの群がガーガーと鳴く公園に面していた。彼女はインドのとりこになっていた。空港から市街地へ向かうアスファルトの道路に、雄牛が寝そべり、額に冠の形をした荷鞍をつけた大きなラクダが、穏やかな堂々とした足取りで車が行き交う道路を闊歩していた。彼女はヴィクトリア通りの草むらに座り込んで、調教されたサルがプラスチック製の鉄砲と錦織の切れ端を持って、あやつり人形みたいに機械的に「眠れる森の美女」を演じるのを眺めた。

あの時も、ここと同じように、女性ばかりの集まりだった。ヨーロッパのジャーナリストや文化に携わる役人たち、みんな多かれ少なかれ絶望にあえぐ女性たちで、愛に破れ、祖国を離れた人たちだった。彼女たちはどんな代価を払ってでも断ち切りたい孤独に思いを巡らせ、自分たちはまだ充分に若く、新しい愛に出会って人生をやり直すことができるのだと互いに励まし合った。どの女性も無防備で、不器用だった。取り戻しはしたものの、使う手立てのない自由をただちに享受しようとあせっていた。そして男性たちはどこへ行ってしまったのだろうと互いに訊ね合った。

オーロラはそんな女性たちと会うことに魅力を感じていた。模範的なキャリアを積んできた彼女たちが、独力で手に入れたすべてを否認し、かつてあれほど軽蔑した女性たち、結婚するために学業を中断した女性たちの境遇をうらやましがっていた。結婚した人たちは今頃、大家族の真ん中で君臨しているのだろう。しかし、そんな女性たちの幻滅、人生で何も成し遂げられなかったという喪失感のありかまでは思いがいたっていなかった。ああ！　子供、子供さえいれば、と彼女たちはいった。子供は孤独に抗う最後の砦であった。

ある晩、オーロラは大使館の女性商務官に車で送ってもらった。商務官はパリのドライバーと同じくらい乱暴な運転をする女性で、ライトのついていないトラックのようなものの後ろで急停車した。オーロラは暗闇のなかから巨大なゾウの四角い臀部と後脚がくっきりと現われるのを目の当たりにした。彼女は自分もこの町の人々に混じって、すでに定員オーバーの男たちが窓や梯子にしがみつき、サルたちと競って屋根によじ登ろうとしている巨大なノアの箱舟に乗り込みたい衝動にかられるのを覚えた。

アメリカ版オックスフォードのようなここミドルウエイは、オーロラがあれほど乗り込みたいと願ったインドのノアの箱舟をより居心地良くし、薔薇色の豊かさを加えたもうひとつのノアの箱舟であるように思われた。前の日も動物園を訪問し、生活空間と呼ばれる檻を見てうらやましく思った。ヨーロッパの檻とは違い、大きくて、スペースが充分にあり、鉄柵ではなく分厚い板ガラスで保護されていた。もしあそこに自分用の小さな一角を設《しつら》えてもらえれば、オーロラは喜んでチンパンジーやオランウータンのあいだに忍び込むことだろう。小さいときからオーロラはどこへ行っても、心のなかでそこに自分の居場所を作りたい、どんな人に会ってもその人の養女になりたいと思うのが常だった。ミミ伯母はそんなオーロラに気づいていた。伯母はそこにオーロラの逞《たくま》しさを見て取って、オーロラならいつでも困難から抜け出られるであろうと思った。しかしそれはまた、人々に文字通り解釈されて、彼女を子供部屋から子供部屋へと導く羽目になった。執筆するにはここがいいでしょうと！　しかしいまだかつて子供部屋で本を書いた人がいるだろうか？　いったい子供部屋からどんな作品が生まれるだろう？

オーロラは一度も家を建てたことがなかった。それでも気力があるうちに家を建てたい、書くために必要なの、といつも土地を探していた。初めて訪れる国とか、知らない沿岸地方などへ行くと、飛行機が下降するときに目に入る景色に必ず目ぼしい場所をマークし、風景を台なしにしないあの岬の先端に住みたいなどと思ったものだ。この群島ではいちばん小さな島、誰も行かない、草木の生えない砂利の小島がいい。バスク地方では、屋根がイバラに覆われ、正面に傷跡のある廃墟となった大きな農家。広大な庭園の奥深くにある管理人たちの住まなくなった家、猫の額ほどの庭のついた、狭いドアに窓がひとつしかない、ほんとうに小さな管理人の家など。
ミドルウエイに来る前、オーロラは友人夫婦に、彼らの使わなくなった庭の物置を買いたいと申し出た。それは土が踏み固められた地面に熊手をしまうために建てられたあばら屋であったが、とても美しい庭園の一角にあり、夏には彼女の書斎になってくれそうなブドウ棚があった。友人夫婦は、オーロラがそこを土台《てこ》にして自分の家を大きくしていきたいのではないかと危惧し、オーロラにもそんな彼らの雰囲気が感じ取れた。彼らはいろいろ考えた末に、自分たちのオーロラに対する友情は、年に三度、春、夏、秋に夕食に招待する喜び以上のものではないと判断した。冬も暖炉を囲んで彼女と顔を合わせるのはおそらく我慢ならないのであろう。作家という弱々しい人種は反抗的だから。まあ、オーロラったら、あなたにはお城が必要だわ！　とりあえず彼女に必要だったのは檻であった。ミドルウエイ動物園にあるサルの檻、あるいは他のどの檻でもよかった。

パリでは、彼女はネズミの巣穴のようなところに住んでいた。時折人生を共にしている医者が仰々しく彼女のアトリエと呼ぶ一間の小さなアパルトマンだ。それはオーロラの前の夫が残してくれたすべてだった。セーヌ河にあまりにも近く、湿気でカーペットははがれ、ペンキを塗った壁には空泡ができ、彼女自身も肩や肘、手首を傷めた。それに何よりも原稿用紙が汗か涙で濡れたかのように反り返った。それでも彼女はそこに住むことにこだわった。医者も芸術家として生きる彼女の自由を尊重し、その権利を認めていた。

部屋には必要最小限のものしかなかった。白い壁に、はだか電球。テーブル、椅子、マットレス、そして切れ端のカーペットの上に置かれた浴槽。これぞ修道院の独居房だわ！　オーロラのあとをつけてここをつきとめたグロリアは、入って来るなり叫んだものだ。そして、外国語をがつがつ一気にマスターした外国人の例にもれず、彼女はあらゆる決まり文句や古臭い比喩をかつぎ出して何であろうが現実がそれに呼応することを願い、嬉々として使いまくった。もしも電球に笠がついていたなら、瀟洒な館と呼んだであろうし、窓辺に花を生けた花瓶でもあれば、きっとロマンチックな可愛いお針子でも連想したことだろう、とオーロラは思った。

　グロリアはオーロラが誰ひとり入れようとしない隠れ家にまんまと侵入した。オーロラは決して自分の家で人と会う約束をしなかった。踊り場から、いま下りていきます！　と叫んで、呼び鈴を鳴らす来訪者のところへ飛んで行き、招かれざる客が部屋まで上ってくるのを階段で阻止するのだった。旅行しない日は、長い時間、マットレスに横たわり、天井の丸いしみを眺めて暮らした。あるいは浴槽に浸かって、熱湯の蒸気が小さなしずくとなって剝げ落ちかかった壁面を伝わり、消えるのを待った。あるいは窓辺にもたれ、二メートルしか離れていない真向かいのめくら壁をじっと眺めた。壁はハトの糞が何十年にもわたって彫刻をほどこし、酸性の糞が石を穿ち、ぞっとするようなありさまだった。少しでも起伏があると溜まる汚物のマグマが、ぐらぐらする台座の上で、ぶよぶよの煙突のように建っていた。

　オーロラが前夫とひっそり暮らせるこの一間のアパルトマンを買ったとき、同じ建物のなかで選択肢が二つあった。ひとつは中庭に面した一階の部屋で、がっしりした青年がポテトフライを専門に作る居酒屋の台所が真向かいにあった。もうひとつが二メートル先にめくら壁のあるこの三階の部屋だった。売り手は、壁を早急に修復しますので、太陽が白壁に反射され、ゆらめきながら部屋に入り込むのが楽しみですよと宣伝した。陽が差し込むのを夢みて彼らはこの暗い穴蔵を買ったが、いつまでたってもめくら壁に太陽は訪れず、壁は汚れてぼろぼろになった。しかし一階の部屋に未練はなかった。居酒屋の作るポテトフライの量がうなぎ上りに増え、今や朝の中庭はじゃがいもの集積場と化していた。夕方になるとマンホールのふたからポテトフライの油が吹き出していた。

ハトが巣を作るたびに、オーロラは根っからハトに味方するレイラの意見とは裏腹に、新しい巣作りに来るハトたちを追い払うことしか考えられなかった。医者たちの夕食会に招かれたときは必ずハトのことを話題にし、役に立ちそうな意見を求めようとした。パリのハト問題には誰もが無関心でいられなかった。ある税務官は、自宅の裏側でハトが巣作りしていた屋根に水の爆弾をしかけたそうだ。また国立行政学院出身のある高級官僚は、学生時代、点火した爆竹を捕獲したハトの尻にくっつけ、仲間のハトたちの群れの真ん中で爆発するよう、放り投げたという。ある女性ジャーナリストが思い出して語ったのは、彼女の最初の夫だった若い弁護士が帰宅するときには、必ず公園を通って一羽か二羽のハトの首を締め、夕食に持ち帰っていたということだった。彼女は気持ちが悪かったが、それでも毛をむしって料理したという。ある毒物学者は、三十日間、休まずにハトを食べると、どんな砒素よりも確実に血液を汚染するため、証拠を残すことなく、望まない配偶者を祖先のもとに送り届けることができると語った。くだんのジャーナリストはチャンスを逃したかのように物思いに沈んでいた。

爆竹の話は、その残忍さに加え、病的なまでの綿密さ、徹底さのすべての点からオーロラに衝撃を与えた。生き物をこのように虐待するにはそれなりの勇気がいる。専門店でしか手に入らない爆竹をわざわざ買いに行って、ハトの尻に詰めるのだ。オーロラは医学生たちのダンス・パーティーから、ボール紙でできた吹き矢の筒と小さな多色球を拝借して家に持ち帰ったことがあった。彼女がポケットに球を詰めるのを目にした医者は、彼女をなんと子供扱いしたことか！　しかし彼女は完璧な武器を手にしたのだ。家に着くや、窓辺に飛んで行き、力いっぱい、吹き矢に息を吹きかけた。ハトたちは頭を上げたが、その驚きと少しいらいらしたまなざしは、ダンス・パーティーでインターンの学生に紙ふぶきを浴びせられた医者が投げ返したまなざしと寸分たがわなかった！

ハトはピストルや猟銃さえ怖がらなかったであろう。オーロラの部屋と自分たちハトを隔てる狭い空間によって自分たちが守られていることを知っていた。さらに二、三年前からは、オーロラが執筆するときに右肩をもたせかけていた窓を占拠するようになった。いくら威嚇するしぐさをしても、クークー鳴くばかりで動こうとしなかった。手に持ったペン軸を武器に、ペン先をインク壺に入れる前に窓ガラスをカタコトたたいて飛び立たせようとしても無駄だった。ハトはオーロラが窓を開けない限り動かなかった。彼女が本気で立ち上がり、必死になって小さなハンドルを回し、イスパニア錠の窓を開けて威す振りをするまで平然としていた。

ハトたちはオーロラが自分でも気づかない彼女の習慣を知っていた。彼女が旅行に出かけ、数日間、窓のへりを自分たちハトに任せようとしていることを彼女自身が自覚する前にハトたちは知っていた。そんなときハトは傲慢な態度になり、天下でも取ったように、窓のへりをいつもより堂々と通るのだった。彼女の迎えが遅いと、ハトはいらだちを顕わにし、正面の壁の傷んだ溝を腹立ちまぎれに引っ掻きまわした。やっと迎えの人が来て呼び鈴が鳴り、彼女が玄関まで飛んで行って誰彼となく奥に入ってくるのを阻止しようとすると、ハトたちは離陸した。彼女の部屋はハトたちが止まっているのと同じ階ではなかった。彼女はドアのすき間で、ハトたちを追い払うために部屋に戻りたい気持ちと、急な階段を上り始めている無遠慮な来訪者を阻止したい欲求のはざまでためらった。いま、下りていきます！　と叫びながら、彼女は駆け下りた。ハトは交尾していた。

ハトはオーロラが入浴していると色目を使った。彼女は気分が良くないときなど、一日に二度も三度も入浴し、カーペットがはがれる大きな原因を作っていた。朝は、ハトの赤いまなざしに迎えられて眼を覚ました。ハトは彼女がわざわざ風呂やベッドから出て自分たちを追い払いに来ないことを知っていた。あまりにも弱々しく、怠け者で、疲れ切っているオーロラをハトたちは軽んじていた。彼女はハトが眼に入らないように目を閉じ、クークー鳴く声が耳に入らないよう、ときには指で耳に栓をした。そしてハトを凍らせる厳しい冬や、干上がらせてしまう酷熱の夏の到来を期待した。しかしパリのハトはますます数が増える一方だった。

そんなことを冗談にもしてはいけませんよ、あなたは今までにハト病にかかったことがあるではありませんかと医者がいった。医者は、彼女の動物愛が有名であっただけに、ハトの巣を保護し、卵がかえるのを助け、親鳥のいないハトに餌をやっているのではないかと疑っていた。ハトなんて大嫌い、私の空を汚染するんですよ、と強い口調で訴えたときも、彼女を信じようとしなかった。私の家にいらっしゃい、と日当たりの良い大きなアパルトマンを持つ医者はいった。子供たちが使っていた部屋をあなたの書斎にすればいいですよ。

オーロラは医者の勤務する熱病の病棟に入院したことがあった。はじめて診察を受けたとき、ブラジルから帰国したばかりのオーロラを、医者はオウム病ではないかと診断した。彼は小グループの医学生たちに囲まれて彼女の病室に入ってきた。腰の締まった白衣姿でとても背が高くスリムに見えた。メガネを鼻先にずり落としてかけ、教授と呼ばれていた。最近、オウムに噛まれたことはありませんか？　インコの鳥籠が置いてある部屋で寝たことはありませんか？　翌日も彼は二人の看護師を伴って彼女の病室を訪れ、外来のオウム病というのはパリのハトが原因であるハト病の一種に過ぎず、これは呼吸器科の領域ですよと告げた。あなたはセーヌ河通りに住んでおられるのですね！　医者は再び戻ってきていった。熱帯地方の生活でからだが弱っているところに、ハト病で合併症にかかったのでしょう。あなたはよく旅行されるのではありませんか？　しばらく様子を見ましょう。

それはパリの病気であるにもかかわらず、不思議と、長引いて難儀なものだった。医者は夕方になると病院から帰りがてら、必ず彼女にさようならをいいに来た。グレンチェックのスーツを着て、ポケットのなかでガチャガチャ鍵の音をさせていた。彼はオーロラの小説を読む時間はなかったが、自分の書いた医学的な小話である『病人とキニーネと熱』という本を彼女に持ってきた。その本は彼の医学アカデミーへの立候補資格に独創性を添えるために書かれたものだった。ある日、医者がベッドの端に座ると、彼女が敏捷にサッと膝を折り曲げたので、順調に快方に向かっている証《あかし》だと医者は感じた。医者は彼女の手を取って脈をはかり、宣言した。私はあなたに退院許可を出すかどうか、迷っています。

これで決まり、とオーロラは思った。それまで恋物語が彼女を魅了したことはなかった。彼女は情熱のとりこになった男友達に同情したド・ラファイエット夫人と同じ歳頃で、同じような状況だった。しかしこの恋にはほんとうの恋でないという美点があった。医者にはすでに大恋愛の末、結婚して二人の大きな子供があり、有名な女優の愛人がいた。オーロラは女優の代役に過ぎなかった。それでも真面目な情事であり、華やかさにおいては劣っていたが、充分満足感を与えるものであった。

医者は同僚たちに彼女を紹介した。オーロラ・アメールという作家を知っていますか？　彼らはそんな名前は知らなかった。医者は気分を害したようだった。あなたのことを知らないなんて、まったくあきれたものですよ！　と医者にいわれ、オーロラは反って当惑した。見せかけの評判を手に入れて泥棒か人殺しかのように顔写真が新聞に載って有名になったからといって何の役に立つだろう。そんな束の間の名声などすぐに無に帰すのにと彼女は思った。これも哀れな医師集団がいかに無教養かの証ですよと医者は続けた。

それは昔の話だった。当時は読むことも書くこともできず、結婚も不可能な時期ではあったが、彼らは自分たちの関係を正式なものにしようと考えた。彼はとくにフランス医学アカデミーのことが頭から離れなかった。それは彼女のアパルトマンからほど近く、オーロラのことを思うたびにアカデミーのことを考え、というかむしろアカデミーのことを考えるたびにオーロラのことを思った。そしてそんなことがますます頻繁になった。ハッピー・エンドとはほど遠かったが、オーロラは自分の孤独に終止符を打つのも悪くはないだろうと考えた。名誉あるフランス医学アカデミー会員夫人として終わるほうがハトたちの母親になって年老いた認知症の魔女として終わるより良いだろう。オーロラのことを、少し気が変で、しょっちゅう窓辺で手を振りかざし、めくら壁に向かってののしっていると証言する人が大勢いたのだ。ハトたちも一日も早く誰かが迎えに来て、完全にぼんやりしたオーロラを連れ去ってくれるのを待っていた。その晩には、壊れた窓ガラスのすき間から部屋に侵入して彼女のテーブルに巣を作り、彼女の原稿用紙に糞をすることもできるのだ。

14

八時半、そろそろ起きて行かなければならなかった。ローラ・ドールは階下のざわめきに不穏な空気を感じていた。何かしゃべっている。彼女たちは前日の出来事について話し合い、シンポジウムの総括をするために台所に集まることになっていた。ローラはみんなに同時に立ち向かっていかなければならない。女性が三人集まると恐ろしく上機嫌になるが、それに耐えなければならないのだ。二人のときには、互いにうちあけ話をし合って、陽気になることはないのに、三人集まるや、俄然テンションが上がって活気づく。四人になると、四人目を集中攻撃して憂鬱な気分に落とし入れる。女性って動物と同じ、とくに鳥と同じだ。ひとつの籠につがいの鳥を二羽入れておいても何も起こらないのに、もう一組入れて四羽になると大騒ぎになり、六羽になると、殺し合いになるんだから。

女性に関する研究発表しかしない女性たちでいっぱいのフェミニズム・シンポジウムは、ローラにとって悪夢だった。彼女は女性として女流作家の書いた作品を朗読したが、どちらを向いても男性がひとりもいないのだった。研究発表をする男性もいなかった。男性たちはみんなずたずたにされ、去勢され、葬り去られた。ローラは不思議でならなかった。なぜあんなに若くて綺麗な女性たちまでがこのような梁《やな》に引っかかって、辛辣な男性非難に手を染めるのだろうか。彼女たちは、会場にも、自分たちの人生にもいない男性たちを告発した。まるで自分の研究対象に腹を立て、陶器の破片や骸骨のかけらを見つけるや、暖炉に投げ込む考古学者さながらであった。それだけに、彼女たちが若い男性を助手にして、補佐させているというのもおかしな構図だった。彼らはシンポジウムを運営し、研究発表を録音し、上司である女性たちのパソコンを子守りの女の子が赤子を扱うように用心深く扱い、車の後部座席で水平になるよう細心の注意を払っていた。

ローラの滞在中、グロリアは助手のバビルーを彼女に差し出した。バビルーはラズベリー色のキャデラックにローラを乗せ、こっそりあちこちへ飲みに連れてまわった。彼はうやうやしくローラを席につかせ、フランス語で語りかけ、とても如才なく振舞うので、彼の前でお酒を飲むことはもはや醜いことでも、秘密にしなければならないことでもなくなった。ボトルごとガブ飲みするのに茶色の紙袋でこっそり隠す必要もなければ、ミニ・バーにある小瓶の酒を手当たり次第、歯みがき用のコップに注ぎ込む必要もなかった。バビルーはカクテルの冷え具合、氷の数、グラスの下のコースターを確かめ、彼女が自分からお代わりしたくなる前に注文した。というのも彼女はいくら飲んでも充分ということがなく、いつももう一杯が必要だったからだ。そして、彼女が立て続けにウイスキーを三杯、それもスコッチのダブルを三杯飲むのがお決まりであるかのように、お代わりのグラスを差し出した。彼自身は自分のグラスに手もつけず、彼女がすでに酔っ払って立っていられず彼の腕にしがみついているにもかかわらず、バーを出る前にそれをローラに飲ませるのだった。

ローラがミドルウエイに着いた日、バビルーは彼女に、何か気づきませんか？　と訊ねた。彼女の目に入ったのは黒っぽいスーツを着た二十五、六歳の若い男性だった。これでも、僕、あなたのために髪の毛をセットしてきたのですよ！　と彼は強調した。確かに、よく見ると、うなじのところで金髪の長い毛を黒いビロードのリボンで結んである。まるで召使役にメーキャップしたオペラ歌手が、舞台用のヘアスタイルのまま街にくり出して来たかのようだった。ローラの滞在した一週間のあいだ、彼はずっとその頭で、ブラッシングの順序を狂わさないよう気をつけていた。おしゃれして巧みに男の気をひくことなどとっくの昔に放棄し、もじゃもじゃの髪の毛で通している会議参加者の女性たちに混じって、このような不釣合いな頭が紛れ込んでいるのを目の当たりにするのは、なんとも奇妙な感じであった。

彼はローラに思いつく限りグロリアの悪口をいった。抑えていた憎しみが一気に溢れ出たかのようだった。グロリアは自分を恐れおののかせ、おどし、奴隷のように扱うという。自分は会議があるたびに実質的な組織作りを全面的に支えているが、グロリアは決して自分の名前を出してくれないし、一銭たりとも見返りをよこさない。彼はローラに、お世話をさせて下さい、と率直に申し出た。彼には彼女がミドルウエイへ来るために無一文の状態に陥ったことなど知る由もなかった。彼女はバビルーにどれくらいお金がかかるのか、計算してみた。車代、ホテル代、贅沢な食事代、ナイトクラブ代、物見遊山代、そして美容院代。ミドルウエイのバビルーはまったく手が出ないくらい高かった。請求書が届いたとき、彼はローラにクレジット・カードを要求し、殿様気取りでそれをオルゴールのなかに仕舞い込み、伝票を隠した。

ローラは何よりも、からだを洗って、目覚める前から鼻についていた酸っぱい、吐き気を催させるような汗、自分がどれほどあわれな状態だったか思い知らされるこの汗を洗い落とさなければならなかった。ベッドの縁に座って、部屋が揺れるようなめまいがおさまるのを待ち、浴室に飛んで行って吐いた。きれいに洗って、不安と、恥ずかしさと、最悪の体調が発する臭い匂いを消さなければならない。匂いはますますひどくなった。それは正真正銘のSOSで、今に家じゅうに充満し、道路を越え、近所じゅうに溢れ、アメリカを覆ってしまうのではないかと思われた。

ローラは鏡をのぞきこんだが、自分の顔が見えなかった。鏡はいつもそうだった。なぜだかわからないが、自分の姿がうつるときとうつらないときがあった。ただ心の底であまり縁起のいいものでないことだけはわかっていて、そっと秘密にしておきたかった。一度、もう五年も前のことになるが、ある空港の大きな壁鏡の前で、化粧を確かめようと立ち止まったことがあった。しかし鏡は空っぽだった。そこにうつるべきものはすべてのみ込まれ、彼女は背景のなかに消えていた。

それでもやはり、化粧しないわけにはいかなかった。手のひらにのせたファンデーションを顔全体にのばし、つぎにペンシルで眉毛をかき、アイラインを引いた。口紅を塗ろうとしたが、口がどこにあるのかわからなかった。口が再び現われるとき、それが額とか耳の上といった他の場所ではなく、彼女が記憶から描いた曲りくねった唇のラインのあいだであることを期待しながら、やみくもに口紅をぬった。私は干からびた水なし川みたいだ、と彼女は独り言をいった。水なし川は決して水が流れることがないと思われているが、最初の雨でキョウチクトウや白いゴジアオイが縁を飾る。私のキョウチクトウはどこなのかしら？　彼女は自問しながら、口紅をしまい、かつて歌った

『雨に唄えば』の曲を口ずさんだ。

オーロラがバスルームのドアの前で待っていた。彼女はローラの身支度の一部始終に耳を澄ましていた。激しいシャワーの音、とても長い沈黙、そして鏡の前で見つからない化粧ブラシを探すときに女性が発する言葉、歓声、ののしり、排尿、それから耳慣れた『雨に唄えば』。私たちは皆この歌を歌ったものだ、とオーロラは思った。それは彼女の新婚時代を思い出させた。不意にドアが開き、ローラ・ドールが敷居の上に立ち現われた。

「あら、ちょっと待って、ちょっと」突拍子もない化粧をしたローラの顔を見て、オーロラは手で口をふさぎながら、繰り返しいった。片方の頬に黒い丸を描き、もう一方の頬に赤いラインを引いている。まるでお化けに変身って感じじゃない。

「一体、どうしたの？」オーロラはローラをバスルームに後ずさりさせながら、いった。両手でローラを壁にもたれさせ、「そんな顔をして下りて行っちゃ駄目よ」といいながらも、オーロラは、ローラが頬にアイラインで描いた黒い目の奥から自分を見ているのか、うつろなまなざしの本当の青い目で自分を見ているのか見分けがつかなかった。オーロラは、野性の動物たちに本当の目の上ににせの目を与えてやると、敵がほかでもないにせのほうの目を攻撃するという話を思い出した。恐怖心で目を閉じたりせずに、動物たちは攻撃してくる敵をじっと見つめ、挑発し続けるという印象を与えるのだ。

「私を見ないで」とローラは哀願し、オーロラの腕のなかで、壁にもたれたまま、しゃがみ込んでしまった。オーロラはローラを抱き抱えながら、彼女の上に覆いかぶさった。この瞬間、バスルームに入ってきた人なら誰でも、重なり合ったからだの上に、ただひとつ、ローラ・ドールの本当の顔を発見したことだろう。それはブロンドの細い弓形のまゆ毛の下で青い瞳が大きく開いた、色白の、きゃしゃなオーロラの顔であった。「私、怖いの」ローラは消え入るような声でいった。

「だいじょうぶ、だいじょうぶよ」オーロラはローラの背中を撫でながらいった。

「誰も私のことを愛してくれないんだから」とローラ。

「そんなことないわ。私たちはみんなあなたが大好きよ、私も、グロリアも、バベットも。それにシンポジウムに参加している女の子たち、みんな、あなたに憧れているじゃないの」オーロラは答えた。

「でも男たちはもう私を愛してくれないの」とローラ。それから小さな声でつぶやいた。「私はもはや耕されない畑なの」そしてオーロラが黙っていると、自分のいったことが聞えなかったからだと思ったのか、声を大きくしていった。「私はもはや抱かれないの！　男たちは私を抱かなくなったの！」

「さあ、顔を洗いましょう」とオーロラはローラを起き上がらせ、洗面台にうつぶせにさせながらいった。ローラはタオルを手に取り、干し草で馬のからだをこするように、手荒く、大ざっぱに顔をこすって、化粧をかき混ぜた。そのあまりに絶望感ただよう仕草に、オーロラは、その昔ソマリアの貧しい女たちが鍋底を磨いて錫を光らせるように、自分たちの顔を砂と灰で洗っていたのを思い出した。

「私、目がまわっているの。鏡を見ても自分の顔が見えないのよ」とローラ。

「私が手伝ってあげる」オーロラはいった。クレンジング・クリームをつけたコットンをローラの顔に押し当てながら、彼女の手は震えていた。ローラの顔に触れるのは初めてだった。赤斑や、腫れ、血管が切れて青染んでいる敏感な薄い皮膚を恐る恐る、そっと拭いていった。オーロラは、ひどい火傷を負った患者たちには一旦麻酔をかけてからしか触らない看護師たちのことを思いながら、心のなかで、ローラの顔はどこもかしこもすべてを元通りにしなければならないという欲求が芽生えてきた。目をつむらせ、血を拭き取って、傷を縫い合わせる。死者を包む白布にアイロンをかけ、巻き布にする。悲惨な箇所すべての周りにこの布で幕を張り、ガーゼを切り分け、包帯を作る。それから屍骸を包んで、複数の胴体、脚、腕、頭を、縦につないで元の位置に戻し、全体を数個の小奇麗な包みにしてひもを掛け、土葬あるいは火葬に備える。白い糸を選ぶが、外科手術の縫合用の糸しか使わない。

「私の顔は残骸よ」ローラはオーロラの顔をじっと見つめ、挑むようにいった。「あなたの顔とは大違いね。あなた、美容整形したことあるの？　え、ないんですって！　でも私はいつも思っていたわ。自分の顔をつぶすのは俳優たちじゃなくて、作家たちだって。私たち俳優はね、スキャンダルなどで傷つけられるけれど、美しくあり続けるのよ。だいたいあなたの書いているものからすれば、あなたは私よりひどいはずよ、あなたはとっくに顔をつぶしているはずだわ」

その言葉にオーロラははっとした。彼女自身、喉元まで上がってきているのにどうしても出なかった言葉、ずっと彼女がさがし求めていた言葉であった。ローラはそれを情け容赦のない真実としてズバリいってのけた。彼女はその言葉を耳にして喜ぶべきなのか、あるいはとうとう知ってしまって嘆くべきなのか、わからなかった。

15

がたがたになる、疲れる、傷つく、打ちのめされる、落ち込む、台無しになる。オーロラはこれらの言葉のなかで、書くことによって自分が陥る状態はどれなのだろうと自問した。彼女は言葉を操ることによって快楽や権力、幸せや喜びを表現し、書くことを楽しむ結構な身分の作家たちからは即座に拒否反応を起こされ、書くことに伴う深い苦悩というのは、人生の不幸の続きでしかないと説く作家たちには共感を呼んだ。書くことは本質的な苦しみにひとつの解決策を示唆し、少なくとも、苦しみを転化させることによってそれを和らげることができるのだ。

オーロラは痛みに対してとても敏感だった。ほんの小さな怪我でも、絆創膏をはがすのも、アルコールで消毒するのも、注射も、泣かずにいられなかった。すばやく予防策を講じて、自分に処方されていない錠剤をこっそりくすねては服用した。医者がゾンデや内視鏡に近づきながら、ほんの少しの我慢ですよと告げるや、パニックに陥るのだった。

彼女は医者には行かず、靴箱に詰め込んだ鎮痛剤で切り抜けていたが、痛みがどうしようもなく、偏頭痛となってからだのなかに閉じこもると、何をもってしても和らげることができなかった。とりわけ最新の特効薬は効き目がなかった。こめかみを突き刺し、目に穴をあけ、吐き気がするほど頭蓋骨をたたかれるような激痛に襲われた。暗闇のなかで水が滴り落ちて枕を濡らすほど水分を含んだタオルを当てて寝ていても、世のなかのすべてを消し去り、自分のからだ、特に頭の全存在に向かってくる苦痛の餌食となった。我慢が限界に達すると、靴箱のなかのあらゆる薬、禁止されていようが、危険であろうが、あらゆる薬を一気に呑み干した。

偏頭痛は、書くことと同じで、人生に痛みを感じたことのない人にはわかってもらえなかったが、人生の痛みを感じたことがあり、ときどき耐えなければならない発作は、結局、それ以上に苦しい心身性の発作を鎮めているに過ぎないと考える人たちには理解された。

「でも先生は私を診察なさらないのですね。私の頭のなかがどうなっているのか診て下さらないのですか?」オーロラは机の向こうで彼女の話に耳を傾ける神経科医にぶつけた。

「あなたは典型的な偏頭痛持ちです。何も診ることはありません」と医者は答えた。「あなたは鎮静剤も鎮痛剤もすべてご存知です。ほんとうはどちらも効かないということを私と同じくらいご存知なんです。酒も、たばこも止めて、早寝をしなさい。感情の高ぶりはいけません」

彼女は感情の高ぶりを避けなければならない作家だった。彼女は鎮静剤を呑んでからしか書かなかった。そして自分の本から離れ、本のことを考えないようにし、書くことに囚われるのを避けるために再び鎮静剤を呑んだ。頭のなかでいつまでも書き続けている本、他のすべてのものを見えなくし、掻き消してしまうこの本への果てしない執着を断たなければならなかったのだ。彼女の人生は気まぐれな、所定まらないものではあったが、それでもさまざまな激しい感情を伴っていた。苦しみや、偏頭痛と同じように、それらはもともとあった感情のこだまのようなもので、すでに強烈であった。あまりにも強烈で、ただ書くという単純な行為、自分のなかからその感情を引っ張り出して、読者には思いもよらないような激論のなかに投げ入れるという行為だけでは抑えることができなかった。

オーロラはあまり有名でも、無名でもなかった。だから本が売れないから憂鬱になるとか、作家としてつぶされるような経験もなければ、はるかに稀なことであるが、名声を得るための競争に敗れたという経験もない。たぶん一度だけ、ある文学賞の最終候補に残り、大きな感情の高ぶりを感じたことがあった。それは自分の帆をどの方向に広げればよいのかわからない新米の船乗りに向かって吹きはじめる風に似ていた。オーロラの帆は、ラスパイユ通りにある動物病院へ吹き寄せられた。落ち込んでいる彼女を慰めようと、レイラがプレゼントしてくれた子犬を治療してもらうためだった。

三日間、子犬の命を救おうとして、何度も包帯を取りかえ、指示されるままじっと子犬を抑えていたが、子犬は吠えるばかりだった。三日間、したがって六回、彼女は子犬の鼻面に口をあて、キャンキャンいう悲鳴を飲み込んでやった。最後の最後まで、愛しているよ、きっと元気になるから、がんばるんだよ、と励まし続けた。しかし子犬は回復することができなかった。彼女は失神した。角砂糖一個と動物病院で最も必要とされるミントのエキスを一滴、与えられた。青白い顔をして角砂糖をしゃぶるオーロラに、獣医は、しっかりして下さいよと助言した。あなたにはまだ愛情が足りないんですよ！

あの口移しの人口呼吸、苦しみながら感謝するかのように彼女の口をなめたあの舌に、どうして愛着を持たないでいられよう？　子犬の苦痛を取り除いてやって、胸がいっぱいになり、涙がほとばしり出た彼女に、どうして愛情が足りないなどといえるのだろうか？　しかし彼女は疑念にかられ、自問した。自分が何かの苦悩を隠していたのではないか。そのためにこの丸々した、可愛い、無邪気な子犬を野蛮な神々の祭壇に生贄として捧げなければならなかったのではないか。それでもなお神々は彼女が言葉に尽くせないほど苦しみ、子犬といっしょにわめき立てるまで苦しむことを要求したのだろうか。子犬が死んでしまった今、彼女は心のなかに死を要求する悲劇的な、激しいものを感じた。それは何度も思い巡らせているうちに肉体的な苦痛となり、やがて病名も判明して、錠剤で和らげることができた。

彼女はあらゆる努力をして顔に笑みを絶やさなかった。それは周りの人たちから跳ね返ってくる感情に対する最良の楯であった。そんなわけでのん気者という評判であったが、彼女もその評判に反して振る舞うことを望まなかった。そのため多くの、多すぎるほどの鎮静剤を呑んだ。人生は動揺の連続であり、彼女はそれらをすべてはねつけることを望み、自分の感受性の敷居を低くしていた。一本の電話さえ、その声に、聞いている内容と矛盾するニュアンスが少しでもあれば、動揺した。彼女は玄関の表札をはずしていた。郵便局にも、指定の住所に住んでいることは知られていなかった。ごくわずかの人たちだけが、もはや彼女も滅多に会うことのない夫の名前を記した呼び鈴を鳴らさなければならないことを知っていた。

長い旅は彼女の心を癒してくれた。見知らぬ国へ行って、口もきかず、耳も貸さずに通り過ぎながら、映像のように流れる自然の美しさや、この上もない悲惨さをガラス窓越しに受けとめていた。彼女にとっては、危険だといわれるブラジルのマナウス市場をブラブラするほうが、静かで安全な界隈であるセーヌ河通りを散策するより楽だった。そう、パリにいるよりカンザス州ミドルウエイにいるほうが楽だった。パリにいるよりミドルウエイにいるほうが幸せだったのだ。一瞬、彼女はこの際、グロリアの願いに添ってここに留まり、《チンパンジーのための言語研究プロジェクト》に参加しないかという動物園長の申し出を受け入れるのも悪くないと思った。そう、ミドルウエイ動物園でしゃべらないチンパンジーたちといっしょにいるほうが、声の抑揚ですぐにわかるパリの人たちといっしょにいるより上手くやっていけるのだ。

そして洋服を着終えたローラ・ドールを前にして、オーロラは納得した。当時アメリカで麻薬中毒患者以上に排斥されていたアルコール中毒患者たちは、じつは自分と同じような人たちなのだと。違う点は、同じ痛みに対処するその方法だけだった。アルコール中毒患者たちは、より即効性の高い、どこのスーパーでも簡単に手に入る治療薬を見つけているのに対して、自分は気が抜けたように茫然となる鎮痛剤で切り抜けていることだった。

「グロリアはあなたに話したかしら?」ローラが訊ねた。「私が絶叫セラピーやっているってこと。緊張を感じ始めたら、すぐに絶叫しなくちゃならないの、それが体内に留まらないようにね」ローラは実演して見せるためにオーロラのほうを振り向いた。まず大きく息を吸って、次に口を開け、彼女の顔をめがけて絶叫した。オーロラは眠っている女を犯すという夢魔《インクブス》の話を思い出した。夢魔が現われるというのは、大きく開いた口のなかで絶叫が蠟で固まったに過ぎないのだという。

16

「でもそのこと、誰から聞いたの？」グロリアが訊ねた。

「聞いたのではなくて、嗅ぎつけたのよ」とバベットは答えた。「手がかりを与えてくれたのは女占い師だったけれどね。緑色の服を着た女に気をつけなさいって」

即座にバベットは姑のスイーティのことを思った。自分に悪いことをしかけそうな女性といえば、いつも姑だったからだ。そのため女占い師も姑のスイーティをスペードの女王と名指していた。スイーティは絶えずバベットのカードに現われた。すべての悪をこのスペードの女王のせいにすることで、女性共同体全体が許されるかのようだった。バベットはただひとりの女性の公然たる敵になることで、すべての女性を味方につけたような思いだった。

しかしながら、今回、女占い師はスイーティのせいにしなかった。彼女はダイヤの女王の上に緑色を示した。バベットはスイーティが決して緑色の服を着ないことを知っていた。すべての記憶を呼び覚まし、これまでに会ったことのあるあらゆる女性の服装を次々と思い浮かべた。ふと、あるパーティーで、スチュワーデス志望だったか、あるいは人類学部の卒業生だったか、ブロンドの可憐な女学生たちのなかのひとりが着ていた薄緑のシルクドレスに目を見張ったことを思い出した。それは緑色の服を着ているということ以外、どこの誰ということもない女の子だった。バベットは彼女に近づいた。

どこの誰ということもない女の子は、有名なバベット・コーエン教授と面と向かう羽目になり、もじもじしていた。バベットはヨーロッパ文学部部長であり、シェークスピア学会の影響力のある会員、大学出版会の選考委員長でもあり、いわば現地の最高の知識人であった。自分の権威が若い女性たちを萎縮させ、当惑させることを知っていたバベットは、自分が彼女たちにとって理想の権化なのだろうと想像し、女学生の気持を楽にさせようと努力した。その哀れな女学生は小さい頃から夢みていたバレリーナやファッション・モデルになるには背が足りないので、スチュワーデスになりたいといった。女の子はちょっと綺麗だとこうなのだ。

あら、そうなの！　バベットはこのどこの誰ということもない女の子のために、喜んで相槌を打った。スチュワーデスといえば自分の知らない世界ではないし、コンプレックスを抱く必要もない。私の夫はパイロットなの。女の子はさらに動揺し、薄緑色のドレスの上で真っ赤な顔になった。彼女はパイロットを知っていたのだ。すばらしいわ、是非、うちへ夕食にいらっしゃい、といいながら、バベットは馬鹿な小娘の相手をし過ぎたことを後悔し、薄緑色のドレスに真っ赤な顔をした女学生のもとを去った。自分がいるだけでこんなに動揺する人間のために苦心惨胆することは二度としまいと心に誓った。何という時間の無駄！

バベットの誕生日に母親がフランスから電話してきた。お誕生日おめでとう。私の可愛いバベット、あんまり無理するんじゃないよ。それから一瞬、間があって、こだまが戻り、口笛のような母親の声がした。あんたももう四十七歳、そろそろ疲れが出る年頃だよ。再びポテトフライをあげる音がして、母親の声は消えた。

バベットは受話器を下ろし、再び電話が鳴るのを待った。彼女はビキニ姿のままだった。庭の草むしりをしていて、電話の音でかけつけたのだった。疲れは感じていなかった。それどころかとても美しい、暖かい春の到来にうきうきしていた。今年は庭がすばらしく綺麗になるだろう！　数年間ぱっとしなかった野バラが密生して咲き誇り、正面のフジの花は芳しい香りを放ち、外壁に滝のように垂れ下がっていた。猫が大きなコマドリをねらっている。母親が思い出させてくれた誕生日に、庭が豊穣の祭りをプレゼントしてくれたのだ。家が定着し、庭が丸みを帯び、樹木が屋根より高く成長するには二十年かかる。彼女は思った。知らない場所を自分の居場所、自分の土地、自分の国にするには、二十年の歳月がかかる。どこかに所属し、もはや他のどこにも行きたくなくなるまでには二十年という歳月が必要なのだ。

しかし母親にいわれてみれば、彼女も少し疲れた気分ではあった。肱掛椅子の端に腰を下ろして、再び電話が鳴るのを待った。母親は、あんたはやり過ぎだという。勉強のし過ぎ、仕事のし過ぎ、資格免許の取り過ぎ、パーティーのし過ぎ、旅行のし過ぎ、本の出し過ぎよ。コーエン家にとって、あんたはいつもやり過ぎなんだよ。バベットはむっとなって独り言をいった。わかったわよ、私はお母さんみたいな窮屈な生活、お母さんみたいな盲目的な服従、お母さんみたいに何も企てず、成功を恐れるのって真っ平なの。彼女は人生半ばにもなっていなかった。なぜなら自分を百歳まで生きると見ていたからだ。だから彼女の人生にはまだ最高の部分が残されている。若くして沙漠に種を蒔いた庭師が今や木から木へ自分の果実を収穫してまわりさえすればよいのと同じなのだ！

パイロットが風のように入ってきた。忘れ物の書類を取りに戻って来たのであろう。バベットには目もくれずに、書斎へ向かった。彼女は庭で太陽を浴び、ビキニ姿の肩やお尻の上の部分は紅潮していたが、一瞬、顔から血の気がひくのを感じた。水着は脚が長く見える深い切り込みの入った今流のではなく、肥満した大きな腰の中央で水平にカットされた時代物だった。彼女はいつもそうだった。こんな風に、昔着ていた洋服や、色あせた水着に愛着があった。なぜなら何年も前、ハワイで、女神のような彼女の容姿に魅了されたパイロットが跪《ひざまず》いたのはこの水着姿だったのだ。

彼女はからだじゅうにクリームを塗っていたので、安楽椅子を汚さないよう、足を開けて座っていた。パイロットが入ってきたとき、座りなおして姿勢を正し、お腹を引っ込めて、脚を組んでおくべきだった。しかしひとりでいるときとか、洋服を着ているときなら当然したであろうことを、敢えてしなかった。パイロットに、馬鹿じゃないのか、とか挑発しているのか、とか思われたくなかったのだ。彼は再びこの部屋を通っていくだろう。洋服を着ているときより綺麗でなく、裸でいるときよりもはるかに醜いこんな姿を見られることに彼女は困惑した。まったく哀れにも、両脚を広げて、お腹を突き出し、お乳はワイヤレス・ブラジャーからはみ出た、だらしない格好のまま、彼女はぼう然としていた。

パイロットは電話のそばであまりにも打ちひしがれているバベットを見て驚いた。それまで見たことのない屈辱感を秘めた深い悲しみとあきらめのまなざしに、彼は、バベットがあのことを知ってしまったのだ、卑怯者といわれないために、自分の口から彼女に告げるべきときが来たようだと覚悟を決めた。バベット、勇気を出して、ぼくのいうことを聞いておくれ……。彼はいった。夫は健康診断を終えたばかり。最悪の事態なのではないか、と彼女はドキッとした。癌が見つかれば、彼を失うことになる。私の愛しい人、ねえ、あなた、私はあなたをこんなに愛しているのよと叫びながら、クリームでべとべとしたからだごとパイロットの腕のなかに飛び込んだ。しかし彼は妻を押し返した。

夫から、家を出て、バベットが顔さえ思い出すことができない、どこの誰ということもない女の子と結婚すると告げられたとき、彼女は一瞬、ほっとした。運命の女神はバベットの願いをすべて叶えることはできなかったが、その一部は叶えてくれた。パイロットは癌でなかったのだ。彼はバベットの願い通り、生きて、幸せでいられる。しかしバベットは、私のそばで、という前置きを付け加えておくべきだった。私のそばで、生きて、幸せでいられますようにと。しかしこの前置きは運命の女神の耳には届いていなかった。バベットはおいおいと泣いた。そして哀願した。なぜ今さらそんな女の子と結婚しなければならないの？　あんな若い子を放っておけないんだ。それに、君は、とても強い。

女占い師がバベットに告げていたように、緑色がダイヤの女王を覆い、ダイヤの女王はスペードの女王に覆われていた。姑のスイーティは息子のパイロットとどこの誰ということもない女の子との恋を励まし、擁護していた。姑は、うまくゆくはずもない息子とバベットとの結婚に苦しみ、性根尽き果てていたのだった。彼女の激しい苦悩は、かつて自分が娘だった頃とそっくりの、若くてみずみずしいブロンド娘を前にして、やっと鎮まった。ブロンド娘は、もしもパイロットがパイプカットなどという決定的な手術をしていなければ、自分にさずかったであろう孫娘よりさして年上ではなかった。

グロリアはパイロットのことをたえず妻を裏切る卑怯な男とみなし、バベットに、あなた、ちっとも気づかないなんて盲目なの、とけしかけた。バベットはそれをただ、姑のせい、自分の山のような仕事のせい、自分に棲みついている哀しみのせいだと弁解した。二人は今にも口論しそうになったが、やがて、咎めるべきはそのブロンド娘であり、この種の災いをもたらす横柄な若い女たちだと、意見が一致した。今どきの若い女たちは自分たちとよく似た女たちを見ると初めから対抗意識を燃やし、競争に勝つことを一瞬たりとも疑わない。相変わらず自分たちの学位論文の最終章で議論し合い、それを武器として持ち出せば、どんな仕事でも手に入るものだと、うぬぼれもはなはだしい。彼女たちが物議をかもして売名行為をしているのは会議に出ればすぐにわかる。独断的でずうずうしく、とつぜん、突飛な質問をしたりする。怖いもの知らずで、脳裏にあるのはただひとつ、自分たちの出世の道だけなのだ。

しかしそんな女たちが恋に落ちようものなら、まるで人が変わってしまう、バベットは続けた。彼女たちは月に向かってわめき、金切り声を出してうなってみせる。約束など全然覚えがないと言い張り、私たちのフェミニズム理論を火あぶりの刑にしてしまう。

バベットは若い女の子たちが、自分たちは発展家でありながら、あまり愛情表現を求めないような男性とか、みんなあげるというのに何も欲しがらないようなタイプの男性とかに、文字通り、くっついて行くのを何度も見てきた。そして偶然、母性の喜びとしかいいようのないものを知ってしまうと、両の握りこぶしを腰に当て、大きく突っ張ったお腹を見せびらかしにやって来る。赤い肩掛けにくるまり、あるいはぞっとするような上着を羽織って、これがほんとの幸せってものよ、あなたたちのフェミニズムは完全に間違っている！　と説教するためだ。

「そうよね」と、グロリアがいつになく苦々しい口調で認めた。「でも彼女たちこそ間違っているのよ。彼女たちは若さと女らしさ以外、何も持っていないんだから。私たちは運の悪いことに、今では想像もつかない山のようなタブーと困難のなかをくぐり抜けて来たわよね。時代遅れの老いぼれにされないためには、思い出すのもはばかられるけれど」

「彼女たちは完全に間違っている。そしてそんな女の子たちの手にまんまとはまる男たちもよ！」バベットは声を荒げた。

「私たちのところはそんな人たちを絶対に受け入れなかったわ」グロリアが反論した。「私たちはそんな人たち抜きでやってきたの。それで正解だった。でも先程の話に戻ると、私はすれっからしの女の子たちを見ると黙っていられないのよ。私は顔がきくでしょう。アメリカ広しといえども、そんなばか者たちにとってはあまり広くないのよ！」

「止めてよ」バベットはうなった。「それこそ老いぼれの論理じゃないの。そんなことといったら、昔、私たちに厳しく当たった性悪女たち、試験のときには避けて通った性悪女たち、若くて綺麗だからって私たちを憎んだ性悪女たちと同じになってしまうじゃないの！」

「だからどうだっていうの？　どうせ私は年増の性悪女よ」グロリアは言い返した。彼女はネズミを起こそうと靴箱をたたいた。

「ねえ、少しは動いてごらん！」

バベットはコーヒーカップを流しに持って行こうと立ち上がった。自分まで年増の性悪女にされてはたまらない。彼女は学生たちを安心させる、配慮の行き届いた教授だった。ユーモアを知的権力者の陰険な言い回しではないかと恐れる学生たちのために、わかりやすいように、注意深く、丁寧な言葉遣いを用いていた。フランス語はまるで外国語をしゃべるかのようにゆっくり一語一語、区切って発音し、単語のつづりをいって学生たちが理解していることを確かめた。彼女がかつて実践していた華麗なフェンシング選手のような電光石火の即答の技はそこにはない。フランス語をしゃべるとき、彼女の才気は閉じこめられていた。

しかし彼女は、今日女性が生きるために必要な闘いに若い女性たちが、多方面で、絶えず身を投じる勇気とエネルギーには感心していた。彼女たちはすべてを取り込み、すべてを自分のものにし、すべてを支配したいという欲求を満たそうとしている。バベットの場合は、それよりも自分を守ることに努力し、成功してきたように思われた。今の若い女性たちは、バベットを驚嘆させた。無敵の塔、ハトのつばさ、キジバトのお腹、彼女は若い女性たちのそれぞれに愛の歌を考えついた。

窓に射し込むまばゆい日の光に、彼女は目をしばたたいた。メガネの位置を調整しながら、向かいの教会のプールの周りに集う女性や子供たちの光景をひとしきり眺めていた。

「あの人たちは何をしているの？」彼女は訊ねた。

「あの人たちって？」グロリアが聞き返した。

「ほら、あの黒人たちよ」

「今日は復活祭なの」グロリアは、つんと澄まして答えた。

「ごめんなさい。私ったら、宗教のこと、何も知らないの」

「あの人たちはバプテスト派の信者なの。きょう洗礼を受けようとしているのよ」

「たくさんいるのねえ」バベットはとつぜん物思いに沈んだように、つぶやいた。百パーセントではないにしても、黒人であることに違いないグロリアに関して驚くべきことは、アメリカのまさに心臓部にアフリカ文学を導入しようとあれだけの情熱を傾けながら、自分はいつまでもミドルウエイの黒人街の真ん中の掘建て小屋のような木造家屋に住み、いまだに中産階級の黒人たちの住む区域にさえ住むことを頑として認めないことだった。もっとも、中産階級の住む区域といっても、かつては緑の芝生が植えられた庭園であったことが嘘のように、錆びたタイヤやおんぼろ自動車が放置されて鳥小屋と化し、ゴミ捨て場になった一帯にほど近い界隈ではあったが。

「たくさんって、何がたくさんなのよ？」とつぜんグロリアが攻撃的になって問いただした。

「洗礼を受ける人がたくさんいるのね、ってことよ」バベットは答えた。彼女のいいたいことはわかっていた。

17

バベットが振り向いた。彼女には台所のすべてが不快だった。日曜大工の錆びた釘、ベニヤ板の匂い。小さな羽目板はまるで山小屋のようだ。戸棚にはグロリアがキャンペーンで貰ったコップや不揃いの皿が山と積まれ、残りは冷蔵庫のなかに詰め込まれていた。アイスクリームには半年前の霜が降りている！

グロリアはあちこちに付箋をはりつけ、緊急のものは赤マジックでメモしていた。メモはどれも赤マジックだった。壁には作家たちの白黒写真が貼られていたが、どれも蒸気で黄ばんでいる。彼女はいまだにガス用の古い圧力鍋を使っているのだ。それは圧力の勢いで鍋が飛ばされるのを防ぐために、バーナーの上でコマがぐるぐるまわる、人を殺傷しかねない鍋だった。

バベットには美しいものに囲まれて育たなかった人たちのセンスのなさの二重の惨めさがわかっていた。音楽も、絵画も、何の芸術もなかった彼女の青春時代、視界にあったのは唯一、造花のカーネーションをさした小さな安物のクリスタル・ガラスの花びんが置かれたテレビの画面だけだった。それでも、グロリアの見るに耐えない乱雑さは、同情する気持ちにさそわれるどころか、残酷なまでに彼女を憤慨させた。こめかみのところで伸び放題にしている白髪まじりの髪の毛も同じだった。染めればいいのに、まったくもう！　グロリアはここにいる女性たちのなかでいちばん若いというのに、まるでみんなの母親のようにしか見えなかった！　バベットはそんなことは切り抜けていた。他の人たちもバベットのようにしさえすればよかった。彼女は毛皮のコートをゆったりとまとい、指輪をした手で毛並みを撫でつけながら、くすんだダイヤモンドに目がとまると、さっそく磨いておかなくては、と思った。

テーブルの端で、グロリアが興奮したように書類を整理していた。ばらばらにしては再びまとめて山積みにし、付箋をはりつけている。彼女はまたもや黒人という言葉を繰り返すバベットの人種差別に思い知らされていた。「ここは黒人街ね」とか、「あそこは黒人用のお店でしょ」というのは、ただ単に目に入ったことを口にしているというのではなく、挑発というか、拒絶のようにさえ思われた。

そもそも彼女のこのような態度は、ベトナム戦争帰りのパイロットの影響であった。彼女は戦争に賛成して軍人たちの肩を持ち、爆撃を支持していた。そしてアメリカの名だたる文化人たちがこぞってベトナム爆撃反対のデモをしているときに、彼女はハワイで休暇中の夫に合流した。ハワイから帰ってきた彼女は、日焼けして、幸せいっぱい、ゆったりくつろいだ気分で、みんなにいったものだ。あなたたち、いくらなんでも私が彼に戦死して欲しいと思うようになるなんてことは期待しないでね！

誰もパイロットの戦死を望むものはいなかった。しかし誰もが予測していたように、バベットがこの横柄な男に捨てられたことは、彼女たちを喜ばせた。バベットは心から深い哀しみに沈んでいたが、グロリアは、家庭内暴力避難施設から毎週二回掃除機をかけに通ってくる、学校へ行ったことのない若い白人女性のメイドが南部なまりの哀れな英語で訴える哀しみほどには心を動かされなかった。バベットは面白味のない女性だった。時代遅れの服を着て、うわべは金持ちそうに見せているが、グロリアも見たことのある下着には、形のくずれたブラジャーをつけ、洗いすぎてくすんで汚れた感じのストッキングをはいていても平気だった。バベットは肌まで貧乏くさい、とグロリアは思った。それはベージュ色の艶のない肌で、つり紐を止める安全ピンで繕いでもしたかのような皺の多い、ぶよぶよした肌だった。

「それで、あの家は、ずっとあなたが住むつもりなの？」グロリアはバベットを傷つけるとわかっていながら、訊ねた。

「そのことだけれど」と警戒心なくグロリアのわなにかかって、彼女は答えた。「まだ決めていないの」

彼女は気をもんでいた。パイロットを失った上に家まで失うなんて！　それはパイロットと二人でミッシングの最も美しい界隈に建てた家だ。二十年になる庭はいうまでもなく、彼女が綺麗に飾ってきた家だった。今どき誰が二十年にもなる庭を持っているだろう？　彼女はとつぜんすべてを失い、独りぼっちになった気分だった。コーエン一族からも、アルジェリアからも、フランスからも切り離され、今度は完全に同化していると信じていたこの寛大なアメリカからも拒絶された思いだった。グロリアは、どこの誰ということもない女の子だって、二十年になる庭の世話ぐらいできるわよ、それしか他に能がないんだから！　といおうとして、やめた。

グロリアは窓のほうに向かい、バベットはネズミの箱に近づこうとした。二人はまるでフィギュアダンスを踊っているかのように、互いに相手を避けながら、台所の中央ですれ違った。この瞬間、二人は憎しみをぶつけ合った。グロリアは流し台に両手をついて、首を伸ばし、窓越しに向かいの教会を眺めた。刺繍入りの綺麗なドレスに花飾りの帽子をかぶった婦人たちや、オーガンディーのドレスを着た少女たち、三つ揃いを着た少年たちが目に入ってくる。青年たちは新しい野球のユニフォームを着ていた。ぶかぶかのトレーニングシャツの背中には、シカゴの雄牛のマーク、額にはぴったりフィットした黒い帽子を被っていた。


あの人たちは私の家族、緑の牧草地を見つけた幸せな、誇り高い私の家族なのだ、とグロリアは思った。子供の頃、意味もわからずに歌っていたこの聖書の言い回しの意味が、アメリカの緑の牧草地である人工芝のカーペットを見てわかったような気がした。彼らは祖国を追われた人たちなのだ。私や、ローラや、オーロラや、バベット、ここにいる私たちみんなと同じように、ドルという神様にしか希望の持てないアメリカのすべてのアメリカ人と同じように、みんな祖国を追われた人たちなのだ！

グロリアはカリブ海に浮かぶ小さな島の出身だった。そこは樹木の生えない島で、海には魚はいないし、雨も降らなかった。彼女はポルト・バナナで物乞いをしていた祖母のことを思い出した。

祖母には空という緑の牧草地のほか、何もなかった。彼女のやせ細った大きな手は、小さくなった彼女のからだには大きすぎた。グロリアは心から祖母にプレゼントをしたかったが、祖母はいつも手を差し出して施しを強要した。祖母はプレゼントの包みやリボンをほどくのを嫌がり、プレゼントの値踏みをしては、それが高すぎると嘆き、ため息をついた。それじゃ小切手にしましょうか？いや、祖母は小切手も望まなかった。小切手だと銀行に行かなければならないじゃないか。途中で盗まれてしまうよ。祖母は手渡しでドル札を要求した。彼女の手はドル紙幣と同じ長さだったので、彼女の手はドル箱だった。もらった緑色の紙幣を腰巻の隅にしまい込んだかと思うと、再び空っぽの手を差し出してグロリアを動転させた。

彼女はこのようなけんか腰の物乞いの祖母に我慢できなくなった。祖母は彼女を外国人のように扱い、それまで援助の手を差し伸べてくれたさまざまな慈善委員会に見せてきたように、故意に疲れ切って悲しそうな素振りを見せ、ドル紙幣を要求するのだった。ポルト・バナナで外出すると、グロリアは服装からアメリカ人だと見られ、女、子供たちに付きまとわれた。彼らは皆同じようにむっつりした、悲惨な、ひよわな表情だった。そのとき彼女は、二度とふるさとには戻るまい、と心に決めた。娘のクリスタルはポルト・バナナの物乞いばあさんのことを知らない。

18

ポルト・バナナで読み書きを習得したこと、それは物乞いが唯一の収入源であった老女を祖母に持つ私生児にとって大きな手柄であった。小学校教師の免許状を手にカリブ海のポルト・バナナからアメリカのトマト基金に辿り着いたのは奇跡にも等しかった。当時はまだ人種差別禁止法も成立しておらず、アメリカの大学でポストを見つけることは至難のわざであった。百回うまくいったと信じ、百回ていねいに断わられた。彼女の名前が誤解を招いていた。パター夫人、いずれお電話を差し上げましょう、とまるで彼女がどこかで名前を盗んだために、それを返さなければならないかのように軽蔑を込めていうのだった。やがて道が開けてきた。彼女はオラクル論で博士論文を書いていた。未来は女性に、黒人に、アメリカにある、と宣言した偉大なオラクルの守護神が彼女の経歴に後光を差した。夫の映写技師は生まれ故郷に戻り、その町の大学でビデオ・カセットのコピー作成の仕事を見つけていた。大学があらゆる業務にコンピューターを導入しはじめた時期で、彼は本領を発揮した。グロリアはオラクルの後光と夫の成功の恩恵に浴した。今度は彼女が採用される番となった。

彼女は進んで自分の冒険譚を語った。中古車を買い、二度のレッスンで車の発進と停車の方法を習得した。ダンボール箱に本を詰め込み、籐椅子を二脚、石版を一枚積んで発車した。座席にアメリカの地図を広げ、ハンドルに鼻をくっつけ、アメリカ中央部を目指してまっしぐら、果てしなく運転した。

彼女は、錆びた看板が風に吹かれて耳障りな音を立てる埃だらけのモーテルで車を止めた。戸口の敷居に立つ太った女たちは、グロリアの頭のてっぺんから足の先までじろじろ見ながら決まって、部屋はないという。数キロ先へ走って、道路わきに車を止め、モーテルの誰かが襲いに来ないかと心配しながら、少し仮眠した。

ガソリンスタンドで道を訊いても、青い作業着の男たちの、知らないと頭を振ることの何と遅かったことか。ガソリンを入れることすら面倒でたまらないといった風情で、のらりくらりとできるだけ時間をかけた。ガソリンがタンクから溢れ、車体に流れ出しても、じろじろ彼女を眺めまわすばかりだった。おまえさんは迷惑なんだよ。これが彼らのいいたいことのすべてだった。荷物を載せて一人旅をするような女は彼らにとって迷惑だった。ガソリンが地面いちめんに撒き散らされ、彼女はますます迷惑となった。彼らは口を開けるや憤りが爆発しかねない勢いだった。やっとのことノズルがはずされると、彼女はそそくさと現金で支払った。クレジット・カードや小切手を差し出して、身分証明書の一段と黒い顔写真を見せることなど論外だった。

道中、不安が消えなかった。目的地に着くまでガソリンがもたないかも知れない。そうなれば競うように猛スピードで飛ばしていく大型トラックに合図せざるをえなくなる。運転手のひとりが彼女に気づいて無線ラジオでただちに仲間を集めると、彼女はガソリンを入れてもらう代償に、この国ではお決まりの、運転手の男たちの餌食にされるのではないかと不安でならなかった。

スーパーの駐車場で、車を軽くするために引越しの荷物を処分した。ブロンドのかつらを買ったが、いちばん大事な買い物はガソリンが二十リットル入るブリキ缶が三つ、彼女は自分でそれらを満タンにした。そして、急ハンドルで車がひっくり返ったりすれば、ナイロン製のかつらもろとも黒焦げに焼けてしまうのではという脅迫観念におびえながら、再び幹線道路をひた走りに走った。

グロリアはすべてを目にし、すべてを経験したと思っていた。例外はひとつとしてなかった。夜は街灯の下で勉強したし、少女の頃は裸足で果てしない道を歩いた。慈善行為によって頑固になった修道女たちの経営する孤児院も経験した。ニューヨークだって経験した。ニューヨークで黒人が移住して来る地域といえばブロンクスだということを知らないで父親に会いに行ったこともある。宿無し娼婦たちのたまり場も知った。異常に太った警官の尋問にあって、股を開け、性病はないかと屈辱的な質問をされたこともある。胸に手を当て、目に涙をためて、アメリカ国歌を歌いながら、アメリカの市民権を授かる式典にも参列した。しかし彼女がアメリカという国をほんとうに知ったのは、大平原を走るこの果てしない路上においてであった。

ミドルウエイの町に入ると、大学の標識が目にとまった。すぐに文学部のトイレに入って身支度をした。かつらを投げ捨て、通信販売で買ったドレスの皺をのばした。それはカタログの上流婦人向けのページで見つけたギャザーのあるゆったりしたドレスだった。ハイヒールに履き替え、学部長に面会を申し出た。十分後、学部長は彼女を文学部に案内してまわったが、未来の同僚たちと握手を交わすあいだも、火事を起こさずに、ブリキ缶に残ったガソリンをどうやって処分すればよいかが脳裏を離れなかった。一瞬たりとも、映写技師が手伝ってくれるかも知れないとは思わなかった。彼女は旅行疲れで深い孤独に陥っていた。やっと二人きりになったとき、映写技師にはグロリアが自分の妻だとわからなかった。別れたときは、アフロヘアのアンジェラ・デイビスのようだったのに、こんど会ったら、まるでバーバラ・ヘンドリックスじゃないか。髪の毛を引き詰めた妻に、彼はおじけづいた。

広報部顧問の助言に従って、グロリアは脱臭剤の広告で異常に興奮したスーパーウーマンたちが身につけている堅苦しいスーツを着るようになった。材質はごまかして、グレンチェック（英国縞）のフラノではなく、一ヤード五ドルの格子縞のポリエステルで間に合わせた。彼女はからだを隠すことにしか価値を置いていない洋服にお金を割くことができなかった。

彼女の貧者の足は、金持ちのために作られた靴のなかで悲鳴をあげた。金持ちたちは裸足で地面や石ころの上、泥沼のなかを歩いたことがなく、出来の悪い靴をはいて苦しんだことがない。そんな彼らのはく靴は窮屈でたまらなかった。日曜日に孤児院ではいていた安物の段ボール製の張子靴とはまるで違う。張子靴は最初の週に左足にはいたほうを、次の週には右足にはいて、いつも同じ側がすり切れないように気をつけたものだった。彼女の足は横に広がっていたので、ときには二分の一サイズ大きめの靴にしなければならなかった。夕方になると、痛めつけられた足指をこすってマッサージした。アメリカ製のハイヒールからとつぜん解放されてずきずきする痛みは強烈だった。

家ではいつも裸足だった。晴れだろうが雨だろうが、裸足で道路脇まで新聞を取りに行った。足の裏を通して子供時代の漠然とした感覚がよみがえり、彼女の足取りは踊っていた。毎朝、向かいの牧師は、彼女がいまだに手のひらでパチンとたたかれてお尻を引っ込めるポルト・バナナのお転婆娘みたいにお尻をふって歩くのを眺めていた。彼女はミドルウエイ新聞をぱらぱらとめくりながら、大げさに、右に、左に、腰をふって歩き、肩越しに言葉を放った。

「体操しているんです、牧師先生！」

「わかっていますよ、パタ一夫人、健全な精神の宿る健全な肉体、それはお祈りと同じように美しいものです」牧師は答えた。

そう、彼女は白人の町に一軒、一軒、獲得してできたこの界隈が気に入っていた。その頃、黒人が住み始めると、隣の白人は引っ越して行くのが常だった。当然、家は新しい黒人に売られるわけで、ちょうどドミノ・ゲームのように、またその隣の白人が出て行った。早くしないと価値が下がってしまい、買い手の黒人もいなくなるだろうと心配して、白人はすぐに家を売りに出した。グロリアの家にはベランダがついていて、夏の美しい夜のためにブランコ式ガーデンチェアがあり、ハナズオウの木が植えられた小さな芝生の庭のある質素な木造家屋だった。ここで、グロリアと夫はクリスタルを宿し、育てた。二人のあいだでもはや終わっていた人生が、幼い娘を中心に再び起動しはじめたのだった。幼い娘はまさに天からの贈り物。並外れて可愛く、活発で、何をしても同じ年頃の子供たちより秀でていた。彼らは娘をこの上なく注意深く教育し、導こうと努力した。父親が面倒を見ることが増え、彼のほうが時間もあったので、母親の分も取って代わるようになった。

　映写技師が母の日に撮ったビデオがある。そのなかで十二歳になるクリスタルが、あなたは誰に似たいですか？　という質問に、マリリン・モンローと答え、あなたは誰に似たくないですかと聞かれると、母親です！　と答えている。綺麗な顔がカメラのほうを振り向き、レンズに目をすえて語っている。私は私生活をお仕事のために犠牲にするような女性にはなりたくありません。朝の二時まで仕事をし、遅れを取り戻すために週末も書斎にこもって仕事をする。バカンスだってヨーロッパ研修旅行の学生たち一行を引率するという条件でしか行かず、現地では毎朝学生たちを集合させて課題を与え、午後には彼らのカルチャーツアーに付き添う。そのあいだ、同行している私と父親は、本でも読んでいなさい！　といわれ、時間をつぶすしかないのです。

　クリスタルはカメラに向かって、私はたくさんの子供と夫、それから綺麗に片づいた家が欲しいです！　と宣言している。

　映写技師が、追いかけっこするが一向につかまらないウサギのギャグをいっぱい散りばめて作ったこのビデオを見ながら、三人とも笑いころげたものだった。彼はグロリアがどれだけ興奮したかを見せようと早送りにした。ビデオは薔薇色のハート模様の一斉射撃で終わった。ばっかみたい！　クリスタルが祖父母の家で覚えたカンザス特有の鼻にかかった強いアクセントでいった。すごーい！　冗談よ！　薔薇色のハートが集まって文章になった。私はママが大好き！

　グロリアは、クリスタルのダンス・パーティーのドレスがすでに買ってあることに気づいた夜、あまり笑えなかった。卒業記念のダンス・パーティーに着るドレスを娘といっしょに買いに行くためにわざわざ午後を空けておいたのだった。感触のいい、色鮮やかなシルクを自分の手で触り、ドレスに合ったハイヒールを見つけてやるのも楽しみにしていた。恐らく、本物の真珠の首飾りも買ってやったことだろう。自分は可愛い思春期の娘の母親なのだと、娘を見せびらかして、称賛を集めたかった。やがて世間に出し、心配しながら夜中の帰りを待たなくてはならなくなるのだ。シルクのドレスを買ってやったが最後、ビールを飲みすぎていないか、麻薬に染まっていないか、スピードを出しすぎていないか、男に騙されてはいないかと気をもまなければならなくなるのだ。

すべてがソファーの上に並べられていた。一週間前に娘が父親といっしょに行って買い揃えたものだった。でも、なぜなの？　グロリアは詰問した。クリスタルはコカ・コーラを二口、ごくっごくっと飲み干すあいだに可愛い口を尖らせ、とげとげしい口調で言い返した。友達は皆すでにドレスを買っていて、自分の欲しいタイプのドレスがなくなるんじゃないかと心配だった、それにパパがわざわざ仕事を早く切り上げてくれ、パパがデパートへ連れて行ってくれ、パパが選ぶのを手伝ってくれたのだと説明した。

「でも私もいっしょに行きたいって、いったでしょ。私が楽しみにしているって！」

「まあ！　ママの楽しみって、いつだってママの楽しみのほうが大事なのね」娘は攻撃的だった。

「私の楽しみはどうなるの、少しは考えてよ！」子供は泣きじゃくった。彼女を慰めようと、父親がおばあちゃんの家へ連れて行ってやろうと約束した。祖母は大事な行事があるときはいつも孫に洋服を買ってくれた。僕に任せなさいと彼はウインクしながらグロリアにいった。大したことではない。クリスタルを追いつめないほうがいいといっているようだった。

グロリアは娘のダンス・パーティーのドレス姿を見ていない。そんなものは古臭い気取り屋たちのやることよ、自分は決してそんななかに浸かってはならない、仮装舞踏会なんて滑稽だわ、と自分に言い聞かせ、気を取り戻した。その頃、クリスタルは家よりも祖父母のところで暮らすことが多くなっていた。映写技師はこの状況を弁護して、子供がひとりで昼食の準備をし、しばしば夕食までもひとりになる心配がないようにしたいからだといった。彼女はテレビの前で電話の受話器を耳にあて、いつまでも両親の帰りを待った。電話でいちばん仲良しのお友達とおしゃべりするためではなく、同じ番組を見ながら、まるで隣同士に座ってしゃべっているかのように、番組の注釈をし合うのだった。

グロリアは自分たちが娘に課している孤独は並大抵のものではないということを理解しなければならなかった。そして夫もまた実家にいるクリスタルにしばしば合流し、書類や、付箋や、ネズミの靴箱のない、食卓らしい食卓につくようになっていた。彼は実家にパソコン機器を移すのに、火事と洪水を口実にした。グロリアとは大学で顔を合わせていた。最後にグロリアが彼を見かけたのは二日前、パーキングに車を止めようとしたときで、彼はちょうどパーキングから出て行くところだった。彼はグロリアに気づかなかった。彼女は急に老け込んだように見える夫に対して、ふっと、やさしい気持ちになり、研究室に着いたらすぐ彼に電話しようと思った。しかし研究室のドアを開けた途端、いたるところから仕事が押し寄せていて、何から手をつけてよいかわからないくらいだった。夜になってまだ電話していないことに気づいたとき、翌朝起きたらすぐにしようと心に誓うのだった。

19

グロリアは夫の実家の電話番号をダイヤルし、呼び出し音が鳴っているあいだに腕時計を見た。九時十五分、きっとみんな教会へ行ったのだろう。しかしクリスタルが起きていた。

「なあに?」彼女は答えた。

「あなたなのね、おはよう、私の蜂蜜ウサちゃん、私のオレンジ美人ちゃん」とグロリアが話しかけた。

「ちょっと待って、パパを呼んでくるから」とクリスタルは母親の話をさえぎった。再び長い待ち時間、グロリアはいらいらしはじめた。

「あなたたち眠っていたの、それとも何かあったの?」電話口に出た映写技師にグロリアは訊ねた。夕べ遅くまで起きていたんだ、と彼は弁解した。それからシンポジウムはどうだったかとか、夜は女性たちで出かけたのかとか、くだらない会話が続いた。電話で話しているあいだじゅう、グロリアは背中にバベットのとげとげしい視線を感じていた。バベットは、自分が夫とか、子供とか、家族とかと呼んで執着している関係のつまらなさ加減を推し測っているに違いなかった。グロリアは少しでも親密さを取り戻そうと受話器の上に身をかがめ、映写技師に伝えた。ローラ・ドールが来たときにあなたがいなくて残念だったわ、何はともあれ、彼女って相変わらず美人よ、彼女と会っていると胸が躍るの。やがてグロリアは映写技師の鼻先で受話器をガチャッと切りたくてうずうずした。彼はいつまでも淡々とした口調で娘のクリスタルとポップコーンを頬張りながら観たテレビの西部劇の話ばかりするのだ。すごく面白いからママにも教えてやろうって話してたんだよ。

ローラ・ドールは一目で台所の様子をのみこんだ。幼い少女時代を過ごしたフィンランドの台所がよみがえった。彼女は木の匂いと薪ストーブの上で沸くコーヒーの匂いが好きだった。それはほとんど幸福感に近い感覚だった。彼女はあくびをしながら、伸びをした。北国の冬は子供時代がいつまでも心から離れない。雪の繭のなかで、大きな白いベッドにからだを丸め、窓ガラスにきらめくような幸せのしるしを描いて過ごした。ローラにとって、冬の思い出は、両親の主宰するギュスターブ・ドール劇場の始まりでもあった。ジプシーのキャラバンのように狭い母親の楽屋に、一座の女優たちが目だけ残してショールと縁なし帽子にすっぽりくるまってやって来ては、お茶を飲んで温まりながら少しずつ防寒衣を脱いでいった。

山と積まれた防寒衣に囲まれて、彼女たちは色恋の話をした。言葉が波のように無限に広がる笑いの浜辺に打ち寄せられたり、憤りで胸がいっぱいになって爆発したりした。みんな洗濯女たちのようにおしゃべりだった。口任せに古い卑猥な話を持ち出したり、記憶にないほど遠い昔のものめごとをぶちまけたりした。ドアの音がして、女優たちが口をつむぐと、決まってローラの父親の声が聞こえてきた。舞台を点検しながら、人気《ひとけ》のない劇場でひとりしゃべっている。台本を見直し、長ぜりふをとうとうとしゃべりつづける父親の声だった。

夏、思い出すのは、船に乗って巡った島々、両腕いっぱいに抱えた花々、あるいは強い風にも負けずに立っていた一本の木だった。若くて美しい金髪の母親は、裸で日光浴をし、朝から庭に出て、両親といっしょに過ごすことができた。太陽が出ると、父親は彼女たちの声が聞こえないように背を向けて読書にふけった。ローラはいつの間にか、両親が冬公演で演じた舞台の場面のいくつかを覚えていて、二人の前で暗唱した。両親はローラにいうのだった、さあ、どっちの役がいい？せりふはないがすばらしく着飾った女王の役と、芝居の最初から最後まで舞台に立つ、ぼろ着をまとった貧乏な女の役とどちらがよいかと。女王さまがいい、とローラは答えた。


ローラは十三歳で三十七歳になる男性と初体験をした。当時五十歳を過ぎた父親が、三十七歳は女性の衰えの始まりであり、男性の魅力の頂点であるといったために、彼女は愛人の年齢を覚えていた。フランス語でいうなら「飲み頃のワイン」だと父親はいっていた。程よく室温に馴染んでいて、美味しく飲める。彼女は自分に極上のワインを奮発したわけだった。その日は今日と同じように穏やかな、新しい生命でパチパチ音をたてるような日だった。木々が葉を広げる音、つぼみが殻《かく》斗《と》をこじ開け、はじける音、花が湿ったためしべの底まで開き切る音、花粉で重くなったマルハナバチが身動きできなくなる音さえ聞こえてきそうだった。そのあいだも無数の昆虫がブンブン羽を鳴らし、冠状に、あるいは見事な黄金の輪になって、散策する人たちの頭上を飛び交っていた。

それはその年はじめて海にでかけた日のことだった。両親とその一座の一行が島でピクニックすることになった。この遠出は、じつは、ローラの母親の代役をしている女優に、三十七歳の独身男をあてがうために女優たちが仕掛けたワナだった。母親の代役女優は、いつも不満たらたらで、色恋で成功したかと思うとすぐに憂き目を見るような女性だった。ローラはこの女性が嫌いだった。いつも母親を独り占めにするし、ローラの嫌なことに、背中や、お尻、ふくらはぎに日焼け止めの竜ゼンコウを塗らせたりするのだった。その上、お古の水着をローラに着させ、背の高い綺麗な女の子が自分の水着を着ているのを見て、自分のからだはまだまだ思春期そのものと納得したがる変態趣味を満足させなければならないからだった。

女優たちが予測した筋書きでは、母親の代役の女優が独身男とご対面のあと、深く悲しむ素振り、もしくはひどく腹を立てる振りをして一座を離れ、島の奥の方に行ってしまうことになっていた。そこでみんなで彼女を探しに行くのだが、時間稼ぎをしているうちに独身男がいちばんに彼女を見つけて、慰めの言葉をかけ天にも昇る心地にさせてから、六時に船に連れて戻るというシナリオだった。ところが実際には、代役の女優がほんとうに道に迷ってしまい、独身男は間違って海岸のほうへ出て、入江や、岩場、浜辺をくまなく探しているうちに、ぱったりローラに出くわしたのだった。大それた性的陰謀から免れていた少女は、六月にしか咲かないという五月のコケ、サンザシを採集していた。

ローラと独身男は岩場のあいだを歩いた。彼は窮屈そうなウールの水着を着ていたが、それはバート・ランカスターと同じ水着だった。彼はローラの手を取った。彼女のほどけた髪の毛が頬の上でたなびき、ときどき顔全体を覆った。彼はローラの髪の毛が何と柔らかく、何といい香りがするんだろうといった。水辺で、彼は彼女にキスをした。ローラは飛び込めるなら飛び込んでよ、とけしかけ、セーターを脱いだ。独身男の顔色が変った。彼女は彼がとても冷たい水のなかに入ろうとしている自分に感心しているのだと思った。そして十倍勇敢になった。確かに、彼女はたとえ真っ青になって水から上がってくるようなことになっても飛び込もうとしていた。

しかし彼はローラを水に入らせなかった。それどころか、彼女を強く抱きしめた。彼女は少しもがいた。もがいているうちにからだが相手のからだに押し付けられた。彼の上半身、彼の腕、彼のお腹、彼の顎の先、彼の脚、彼の口、彼の股、彼のペニス、彼の背中、彼の臀部とぴったり重なり合った。彼は重く、力強かった。彼女が気持ちよくなって、何度もやって来る快感にさらに遠くまで押しやられ、とても深く、ほとんど地下の、井戸の底まで押し流され、沈みそうになったとき、彼女は彼が自分をつかまえて水面に連れ戻してくれる、だから自分はすばらしい探検の赴くまま、どこまでも行くことができるのだということを知った。

彼がローラの歳を訊いたのはそのあとだった。十二歳半よ。彼女は六ヶ月さばを読んで早熟に見せようとした。彼はうそだといった。十二歳半なんかじゃないと。ある意味、彼は正しかった。

「負けたわ。あなたをだまそうと思ったの。ほんとうは十三歳」

「うそだろう」彼は哀願するようにいった。「十三歳半？　いや十四歳？　もう成人《おとな》なんだといってくれよ。十五歳、お願いだから、せめて十四歳って」彼女の太腿から流れ落ちる少量の血を手で拭いてやりながら、彼は懇願した。

からだを離すと、二人はすでに反目状態だった。彼女は十三歳という年齢に固執し、彼はいったん十六歳といったら引き下がらなかった。そのときとつぜん母親の代役の女が現われた。女は自分を見つけてもらえなかったことに腹を立て、自分の捜し手を捜し、自分の追跡者を追跡していた。彼女はせっかくのチャンスが台無しになったと二人をどなりつけた。もう独身男にキスする時間もない。万策尽きた女は、早く行きなさい！　と卑劣な権威をふりかざしてローラに命令した。先に行って、私たちがすぐに来ると伝えなさい！　しかしローラはわざとゆっくり歩き出した。代役と独身男を二人きりにしておくのは嫌だった。それに魔法のような興奮が覚めやらず、身震いが腰に沿い、背中に沿って、肩のあいだでも止まらなかった。頭をのけぞらせると、髪の毛が腰やお尻の先を愛撫した。

帰り道、ローラはくたくたに疲れ、ウールのスカーフほどの気力しか残っていなかった。一歩一歩、足を前に出すことができず、目を開けることもできなかった。ただ脚を揃えたり、セーターがお乳をこすったりするとき、甘美な快感だけが果てしなく両脚に波打った。船に乗ると、父親がローラを毛布にくるみ、両腕に抱き締めた。「ほら、見てごらん、子猫みたいだね」と父親はいった。「お嬢さんは何歳ですか？」独身男が訊ねた。彼の頭はそのことでいっぱいだった。「十二歳よ」とローラの母親は結果的に自分が若く見えることを期待していった。「ほんの子供ですよ」

独身男は最初、ローラには二度と会うまいと思った。どこか地の果てまで行ってしまいたい。彼はプロデューサーとして劇団の地方巡業を企画していた。巡業を盾にローラから逃げ出すこともできたはずであったが、運悪く、組織によってローラの両親、とりわけ母親の代役の女優に拘束されていた。代役の女優は彼に首ったけだった。そんなわけで、ローラは彼がどこにいようと見つけ出すことができた。ローラは彼にしつこくつきまとい、一息もつかせなかった。四六時中、彼の住まいまで行って待ち伏せたり、電話をかけたり、芝居がはねたところに押しかけて行って驚かせたりした。一晩中、彼と二人きりで芝居小屋に篭ったりすることまでやってのけた。

一度、彼女は勝利をおさめた。二度目は再び年齢のことではねつけられた。それでも何が何でもものにした男の腕に抱かれるまで引き下がろうとせず、やがて彼は彼女の所有物となり、日々の快楽となった。それは最初のときほど強烈ではなかったものの、いちだんと好くなっていた。というのは快楽をしっかり正面から待ち受け、鏡の向こう側にいるような不安を感じることなしに、洞窟の底までからだが漂っていくからだった。十五歳になったとき、娘を踊り子にしたいと願っていた両親は自分たちの期待のレベルを下げた。身長は伸び続けるのにいつもだらだらと無気力なまま、何よりほんの少しの骨折りも拒む娘にお手上げになったのだった。そして独身男がローラをある映画プロダクションと契約させることを承諾した。ローラは十八歳の女性を演じることになった。

今やフィクションの世界で十八歳の女性を演じるローラを、彼は良心の呵責なしに抱いた。彼が押しつける快楽は相当なもので、ローラは独特の少し狂おしいような雰囲気をかもし出すようになり、スクリーンで彼女を観る人たちから、この女優は確かに頭は空っぽだが自分のからだのことはよくわかっているみたいだと評判になった。ローラはすぐに成功を収めたと記憶している。彼女には観客たちが自らには禁じている快楽を自分の映像を通して感じ、味わっているのだということがわかっていた。

ローラはしばしばそのことについて考えた。セックスする人でもほんとうにそれが好きでたまらないという人はあまりいない。ちょうど旅行者たちが遠くから眺める分にはとても綺麗だが、おいそれとは近寄れない場所を訪れ、決して近くまでは見に行かないのと似ている。あちらがいい、こちらがいいと議論はするが、誰ひとり氷河の頂上や、洞窟の底、尖った峰の頂きまでは行かないのだ。なかには大声で偉業を宣言して自分たちの旗を立て、ただちに酸素マスクをつけて下山する人たちもいないではない。もしもほんとうの快楽がどんなものであるかを知ったなら、ローラや独身男同様、ほかのことに割く時間がなくなってしまうだろう。ローラが接したきわめて活動的な人たちは、ほとんどが社会的あるいは知的に成功した人たちばかりであったが、彼らが告白するのは性のむなしさだった。というのも、ちょっとのあいだにセックスするとか、一週間に何度も売春婦のところへ通うといったことは性欲の証明にならないのだ。何をも意に介さない酔狂な人たちのなかから極限の征服者たちを探さなければならない。なぜなら彼らはセックスすること、しかも完全なセックスをすることは、それだけで人生を満たすに足りることを知っているからだ。

「バスルームは空いているかしら?」バベットが訊ねた。

「まだオーロラが使っていると思うわ」と答えながら、ローラは今まで考えていた話の筋道をたどっていた。美しさに惹かれてできた男女のカップルはそうでない人たちより快感度が高いとか、すぐれて美男、美女であることがカップルの成功を保証すると信じるのは間違いであると思った。まったく正反対なのだ! フランス人監督が彼女にいったものだ。ブスのパン屋を覚えているかい? ぱっとしないし、太っていてブタみたいなまつげをしているけれど、彼女を味見したそこいらの男たちはいっぺんで魅了され夢中になった。その評判は政界にまで鳴り響いたというぜ。ところで、君たち、別嬪さんはよ、と監督はローラにワインを注ぎながら、立て続けにいった。相手にされないんだなぁ！

「オーロラが急いで出てくれないと、私、遅れそうだわ」しびれを切らして、バベットがいった。

「まだ九時半よ」とグロリア。

「オレイシオは十一時に迎えに来ると約束したわ」

「そうね。でも教会前のこの混雑じゃ、ちょうどには来られそうにないわね」

「少し早めに来るよう、彼に電話しようか？」

「そんなことしたって、オーロラをバスルームから追い出せないでしょう！」

グロリアかバベットのどちらかは、あのブスのパン屋みたいだったのだろうか？　ローラはふと、自問した。片や、動物を犠牲にしたミンクのコートに身をくるんだ大女、片や、破れたパジャマを身につけた小柄な女、彼女たちだって、自分たちの手の内を隠しているのかも知れない。それから彼女たち二人の権力欲、長とつく地位ならなんでもしがみつこうとする猛烈なやり方、あけっぴろげの下司根性、他人を攻撃的なまでに巻き込む哀しさ、そして確かな証拠に、二人とも、小姑みたいに辛辣で、犬っころのように縮こまったやさ男の助手につきまとわれていることを思い出した。彼女たちはセックスがどんなものか知らないだろう、一度も知ったことがないのだ、と思った。そして二階のバスルームにいるオーロラのことを思った。彼女は、間違いなく、生娘だわ！

20

シャワーも洗面台もまだ濡れていた。窓は蒸気で見えなかった。バスルームは生温かい、湿った空気でむんむんしていた。オーロラは洗面台に手をのせ、目を閉じて、他の場所ならどこにいても、すぐに窓を開けてガラスを拭き、洗面台を洗って追い出してしまう甘ったるい、芳香のある熱気を、ここではゆったりと、深く吸い込んでいた。

オーロラは、さらに深く息を吸って、ローラの匂いを嗅いでいた。それは子供の頃、母親の首に鼻をすりつけ夢見心地にすっかりとろけて、心が満たされた愛のあえぎのようだった。彼女は暑く、湿った、いがらっぽい、息苦しい熱気のなかに、ローラのからだのとても甘い、それでいて苦い香りを嗅いでいた。オーロラはおもむろに服を脱いだ。蒸し風呂に入ったかのように、芳香のある湿気が彼女の皮膚をつややかにし、髪の毛を濡らし、快感の汗で彼女を包んだ。

洗面台の上の、鏡の隅をほんの少し拭くと、彼女の顔が戻ってきた。彼女は上級生たちが順番に身づくろいをしていた寄宿舎の金縁の鏡を思い出した。彼女はそこに自分の顔ではなく、ローラ・ドールのとても可愛い顔が現われたときの感動を覚えている。彼女は化身していた。寄宿舎の浮き草のような、ほとんど現実的でない生活から逃避していたのだ。サン・シュルピス教会での生活、昼も夜も毎時間、万年ごよみに沿って祈ることで、自分の家族やその他天国にいる数えきれない死者たちを忘却の深淵から捜し出すために捧げられていた。

亡くなった人たちのことを考えなくなると彼らを永遠に失ってしまうかのように、聖人たちに彼らはまだ生きているといい、両親たちにあなたたちは死んでいないという重大な務め。いたるところに母親の顔を探し求め、自分を進むべき道に仕向けてくれる手がかりを心待ちにしていた。肝心の、自分の顔は無視していた。自分の顔こそ、他のどの顔よりも母親を想起させたであろうし、ほとんど間違いなく母親の目の色、鼻のかたち、そしてまだ思い出せない無数の細部を教えてくれたはずなのに。

彼女は何年ものあいだ、そこに自分がいるなんて思いもせず自分のうつらない鏡に向かっていた。そしてあの朝、突如として、自分が一世を風靡した若い女性の顔をしていることに気づいたのだった。彼女はそれとわからない仕草で、ローラ・ドールのようなショート・カットが自分にも似合うかしらと髪の毛を後ろになでつけたものだった。

そしてミドルウエイのこの鏡の隅っこに、ここ数年、ほとんど関心がなく忘れてしまっていた自分の顔を見ようと試みた。彼女が目にしたのはこわばった顔つきで、血色が悪く、とくに目と髪の毛が色あせ、子供たちの描く絵のような幼稚な顔のなかで表情は目立たなかった。それはローラ・ドールを含め、誰の顔にもあてはまる卵形をしていた。彼女は思った。私はみんなと同じ顔をしているんだ。たぶん私の母親とも。そしてとつぜん母親がとても若くして死んだことを思い出した。

湯気が鏡を覆い、少しずつ彼女の顔を消していった。サン・シュルピス教会の寄宿舎の鏡に現われた顔とこのミドルウエイの鏡から消えていった顔のあいだには三十年という年月が流れていた。三十年のあいだ彼女は自分の顔を意識していなかったのだ。彼女にとって不思議でならなかったのは、この顔でいつも多かれ少なかれ女性たちの羨望の的になったことだった。若さを失うにつれ、自分では魅力が衰えてゆくように思われたが、人々の羨望は明確になり、さらに増大していった。じつは彼女の肉体的外観は彼女が引き起こす反感にはほとんど関係しなかった。この羨望には、サン・シュルピス教会で厳しく教育されて身に着いた慎み深さが少なからず影響していたであろうし、また彼女の作家という職業が、フランスやとくにここミドルウエイでは、あらゆる羨望をひとくくりにして、男女の垣根をやすやすと越えさせてしまうのだ。彼女は自分をこんなに愛してくれるグロリアに感謝していた。

彼女は自分が孤児だったことからくる人生の極度の悲惨さをこれまで人に明かしたことがなかった。親戚の人たちは、例のミミ伯母を除いてみんな戦争中に亡くなり、両親は完全に途絶えたそれぞれの一族の生き残りであったが、怖しい運命の巡り合わせで、山火事の犠牲となって命を絶った。ミミ伯母は自分もすぐにいなくなると思い、姪であるオーロラを家具も何もないアパルトマンにひとり住まわせた。本を買うなど論外だった。「何のためなの？　どこに置くっていうの？」レコードや衣類も同じ論理でだめだった。しかし映画に関する限り、ミミ伯母は寛大だった。映画はその場限りで消えてしまい、オーロラの想像の世界にしか跡を残さないからだった。伯母が好んで少女に話して聞かせる映画は、恋愛ものではなく、戦争ものばかりだった。ミミ伯母は過去と一線を引き、オーロラにとっては取り返しがつかないことに、彼女の両親の写真まで焼き捨てて、未来の無に向けて準備していた。

ミミ伯母は火葬と散骨に備えていた。オーロラは、わたしが死んでいるのを目にしたらすぐにサン・シュルピス教会に駆け込むんだよ、と前もって言い渡されていた。サン・シュルピス教会は彼女が守りたいと思っていた人たちが死んだときの最後の砦なのだ。戦時中にサン・シュルピス教会の修道女たちに迎え入れられた今や年老いた伯母は、信心深いこの施設が差し迫った自分の死に動転するに違いない可愛い姪を救ってくれるであろうと考えていた。おまえにはもう何もないんだよ。誰もいないし、どこの子でもないんだよ。

このような伯母の態度は食糧の蓄えにまで及んだ。彼女は自分が死んだときに食料貯蔵庫に何かが残っていることを恐れた。整理ダンスの引き出しや洋服ダンスの棚板の上、本箱の飾り棚、アルバムのページも同じように空にしておかなければ気がすまなかった。サン・シュルピス教会のボリュームたっぷりの食事がなかったなら、オーロラは栄養失調ぎりぎりの生活だったことだろう。ミミ伯母は自分の糖尿病を気遣って、ほんの少しの甘いものも禁じ、パンも何グラムと決めて食べていた。

結局、オーロラは誰もが代わりたがらないような子供時代を過ごしたわけだったが、じつは、良い面もあった。それは、自分の相手をしてくれる登場人物、本の文章、レコードの音楽、映画の画面、お菓子の味にいたるまで、すべて自分ひとりで考え出さなければならないことだった。現実の生活にはうんざりしていたので、実在のモデルを参考にすることはなかった。現実から取ってくるのは最初の一音だけで、あとは全曲自分の思いのままに書けばよかった。書いているうちに、彼女は多くの矛盾や感情を持った生身の人間と接することのほうが自分の登場人物たちと接するより困難になるときがあった。登場人物はどんなに複雑でもその行動パターンさえつかめばよかった。現実と虚構、思い出と作り話の区別がつかなくなるまで引き込まれる日々の作業は、彼女の唯一のすばらしい訓練であった。小説のなかにいると、あらゆる可能性を前にしているようであった。もちろん個性に乏しいとか、全く欠落していると思うときもあり、とりわけこんなふうに何もかも頭でひねり出すことにからだがついていかないのだった。彼女は憔悴していた。次から次へと湧き起こる野心を実現するには強靭な肉体が必要だった。彼女はサン・シュルピス教会で聖書に出会ったこと、そしてイエスのなした仕事の偉大さに子供心ながら感嘆し、あれだけの仕事をすれば、七日目には安息日が必要であったろうと心の底から理解したことを思い出した。

オーロラが「聖なる拷問」という意味の「サン・シュプリス」といつも言い間違えていたサン・シュルピス教会は、まずいながら大盛りの食事でミミ伯母のダイエット食を補ってくれていたが、読書に関してはミミ伯母より寛大というわけではなかった。本は小さな戸棚に厳重に保管されており、その戸棚は生徒たちの目に触れないように——故意に——壁に架かったタペストリーで隠されていた。彼女の渇きを癒してくれる本はこの戸棚のなかの選集だけだった。最終学年では教会参事会員、デグランジュの著した分厚い文学書のなかに収録されている選集、在学中はずっとカステックスとシュラー作品の概論書を読みあさった。

彼女は手当たり次第に読んでいった。ミツバチの生活、ポール・ロワイヤル修道院の歴史など、それらは十二歳や十三歳の少女に理解できる本ではなかった。辞典のア行、「ミツバチ《アベイユ》の生活」から「女子修道院長《アベス》の生活」まではほんの数項目しかなく、全体が小説のようだった。彼女は細やかに打たれた句読点まで味わいながら心たかぶらせ、舐めるように読んだ。ホームシックが昂じる夜、目を閉じてページを繰る収容所の捕虜たちのように。楽しみのためとか、学ぶために読むということは決してなく、ただ読むために読んだ。ちょうどその頃暗唱しなければならなかったお祈りと同じくらい、目前の本に集中して、ひたすらに読んだ。お祈りも、読書も、新しい言葉で彼女に報いてくれ、常軌を逸してとっぴなイメージに発展した。アフリカから帰国した彼女が、カトリック信者としての教育の遅れを取り戻すためにクリスマスの真夜中のミサでひとり受けた聖体拝領の記念にもらったその辞典は、彼女にとって本のなかの本のように思われた。断食が終ったとき、一杯の温かいココアが与えられたが、シロップのようなほろ苦いココアの味は彼女をあまり喜ばせなかった。辞典が彼女を本に結びつけたほどに、ココアは彼女を食べ物に結びつけなかった。

　最終学年になったときはじめて勇気を出して本屋へ行き、『カスティリアの姫君』を買った。たぶんローラ・ドールの顔が彼女に規則違反をさせたのであろう。その本が新刊だったかどうか知るすべはない。とにかく本屋が彼女のために選んでくれた一冊だった。それは、あなたにお似合いの服はよく存じていますと、こちらが選びもしないうちに押しつけてくる洋服屋に似ていた。モンテルランは偉大な名文家だったが、『カスティリアの姫君』のなかで「のような」とか「あたかも」を乱用している。サン・シュルピス女学校の文学の教師は、オーロラの宿題の文章に「のような」とか「あたかも」を見つけると片っ端から線を引いて消していった。のちにオーロラは大いにモンテルランの表現を使うようになるが、コンプレックスはなかったとはいえ、良心の呵責に苦しまないわけでもなかった。やがて『カスティリアの姫君』から、誰に薦められたというわけではなく自分の判断で、同じモンテルランの『若き娘たち』に読み進んでいった。この本はタイトルこそ可愛いが、内容はそうではなかった。男は女が好きと決まったものではなく、男に受け入れて欲しければ、女は男にすがりつかなければならないということをしかと感じさせる本で、当時オーロラの周囲で多かれ少なかれ常識と化していた考えを彼女に植えつけた。

読書は無害ではない。繰り返し彼女はそういわれていた。このようなあまりにも忘れ難い読み物は、めずらしい作品であったばかりでなく、かなり大きくなって読んだために印象は強烈だった。今になって振り返ってみると、役人と結婚し、ひどい仕打ちに耐えたのも大部分がこれら読書のせいだったように思われる。

ときどきオーロラは自問した。ミミ伯母はあれほど必死に思い出を葬ろうとしていたのに、なぜ自分だけが生き残ったのだろうか、なぜ伯母は死に向かうときにオーロラだってサン・シュルピス教会に潜んで生きながらえるのではなく、小瓶の中身を飲み干して静かにベッドに横たわり、お迎えが来るのを大人しく待つだろうと思いいたらなかったのだろうか？　オーロラは、これきりにしよう、とミミ伯母がいったなら、決して逆らうことはなかったであろう。オーロラはそれほど従順だったし、ほんのかすかな生の欲求しかなく、あの世への準備教育も受けていたのだ。しかしミミ伯母はそうはさせずにオーロラを結婚させた。

相手は外務省の採用試験の難関を突破したばかりの若い男性で、アルジェリア赴任を避けようとしていた。オーロラは愛情よりも家柄のつり合いに重きを置く結婚の裏に何が潜んでいるかを知らず、マーロン・ブランドを気取る若者の言い寄るままにさせた。彼はローラ・ドールのファンだった。ローラ・ドールの自由奔放さ、彼女の赤いチェックのパイレーツパンツ、彼女の縞のTシャツ、すべてがお気に入りだった。彼はオーロラがノルマンディーの海岸で髪の毛を風になびかせながら読む本を買って与え、自分はローラ・ドールを歌手としても認めさせることになった、少し世をすねたようなシャンソンを口ずさんだ。このカップルはそれぞれが自分の崇拝する俳優を眺めていた。まるで守護天使に対するように、二人はそんな俳優たちに愛のしぐさをふりまいた。彼らはのぼせていた。

六月のある日、オーロラは自分たちの短いデートには大きすぎるトランクを携え、パリのオーステルリッツ駅に降り立った。彼の車は小さなコンバーチブルで、彼女のトランクを押し込むのに苦労した。彼の大騒ぎ振りは、言葉も、音楽も、解説も、有無をいわせぬ意見も彼女をうんざりさせた。何かいったり見せたりするたびに、最後に必ず、女の子ってこんなのが好きなんだろう、違う？　と付け足すのだ。だから彼女は仕方なくそうせざるを得なかった。才気に満ち、ざっくばらんで、独断的な彼は、地方の女の子を誘惑するための自分流のマニュアルをいちいち確かめていたのかも知れない。彼はデリニィーのプールへオーロラを招待して最後のとどめを刺した。彼女はコルセット屋でひどい水着を買っていた。縞模様のその水着は、あるところはふくらませ、あるところはきつく絞っているのがひと目でわかったが、からだを輪切りにして絞めつけ、胸は乾きのわるい分厚いパットでふくらませてあった。

釣針を食い込ませた魚はすぐにははずれないと感じ取った彼は、気難しい人物になりきって自分の支配力を確かなものにしようとした。オーロラが決定的に劣っていることを自覚させるのに時間はかからなかった。頭脳も、肉体も、社交も、学歴も、オーロラにとって、何ひとつ自慢できるものはなかった。そのためか、いつも少し放心したような様子で、なんでも深刻に考え過ぎてせっかくの綺麗な顔を曇らせた。彼は彼女のことを馬鹿な女だと思い、そのことに安堵していた。綺麗だとは思ったが、寝ることはせず、彼女に魅力のない女なんだと思い知らせた。

彼女は、目に涙をためて失意のうちに夫婦のベッドから抜け出していた頃のことをありありと覚えている。三年続いた彼らの結婚生活で、幸せな思い出はひとつとしてなかった。旅行もしなければ、いっしょに食事をしても悲惨な終わり方をしないことがなく、少なくとも彼女が不利にならないことは一度もなかった。いつだって彼女が悪者だった。彼には妻が堪えがたい存在になっていた。

彼は極東へ単身赴任するために彼女のもとを去った。玄関にトランクを並べ、ドアの前にタクシーを待たせて、愛のしぐさをした。たぶんはじめてのことだったろう。彼女を胸に抱き、頭にキスをした。犬みたいだわ、と彼女は思った。彼が人間にではなく、動物を相手にするようにキスしたことで逆に彼女は慰められた。ほんとうは彼だっていい人なのかも知れない、優しい、情愛のある人かも、と彼女は思った。もしかして、彼といっしょに楽しい日々を送り、彼のそばで幸せな夜を過ごせるかも知れないと。やはり彼をつなぎとめておこうという希望が再びふと湧いてきた。犬でいることが条件かしら、と自問自答しながら、彼の手が彼女の髪の毛を何度も撫でているあいだ、彼女は片方の目の隅で二人が今までいた部屋を見渡した。散らばった原稿、開いたままの本、どれも彼女が犬でないことを示していた。彼女はため息をついた。

その頃、ローラ・ドールはいたるところで、ポスターや新聞、雑誌に取り上げられていた。彼女は現代のファッションと美の活力となっていた。オーロラは、午後、彼女の映画を観に行くたびに、始まる前から台なしの自分の人生や孤独、男性に対する抑えきれない恐怖の念にかられ、嗚咽した。あんなに綺麗で、あんなに強いローラ、すべてが上手くいくローラを前にして、自分にはことごとく欠けているものを推し測っていた。それにしても二人はよく似ていた。オーロラは映画館を出ながら、もうローラを観に行くのはよそうと心に決めた。そしてその思いを曲げなかった。やがて人の世の常で、ローラの名前が次第にスクリーンから消え、オーロラの名前が、女優に比べればずいぶん慎ましいものではあったが、定期的に、ドキュメンタリー映画に出始めた。

彼女は優しい、貞節な女性であったが、愛されない日々から離婚する日まで、ひとりの男性に片足で生きるよう、不自然な生活を強いられていた。彼の望み通り、自立した女性として働きながら、何年ものあいだ、この問題を引きずっていた。彼女の仕事はとても忙しかった。動物のドキュメンタリー撮影のロケハンで世界各国に飛ばされたが、どこへ行っても状況はよく似ていた。電話もなく、玄関のドアベルが鳴ることもなく、郵便物もなかった。そのため彼女は電話と、郵便物と、ドアベルの音を待ちわびた。役人は決して電話をよこさず、手紙も年一通となり、あるときなど、二年に一通のこともあった。いつも同じようにとても短い文面で、写真を要求してきた。彼女は役人からきた手紙をハンドバッグにしのばせ、その頃彼女の写真を撮ってくれていた人たちには申し訳ないことながら、カメラに向かってローラ・ドールの幸せそうな微笑をたたえ、別れた夫を見ていた。ある日、セーヌ河岸のブキニストで買った古い映画雑誌『シネモンド』のなかから、トラック運転手向けのぴちぴちした若い女優の写真を切り抜きして、クリスマス・カード代わりに彼に送った。折り返し彼から返事が来た。ちょっとやりすぎじゃない?

21

ローラは写真が並べて貼られている壁に近づいた。それ、オラクルの写真よ、とローラが知らないと思ったのか、バベットがいった。しかしオラクルの肖像写真はどこの大学にも掲示されていてローラには馴染みだった。ヴァージニア・ウルフとオラクルは不思議なカップルで、彼らの存在は文学界、しかも高尚な文学界であることの証《あかし》だった。しかしグロリアの台所の壁には、オラクルはローラと並べて貼られていた。ローラの写真は彼女自身にも思い出せない一枚だった。それが映画から引き出されたものなのか、写真家の撮ったものなのかも、わからなかった。写真家が撮ったものだとしてもその写真家の記憶はなかった。

写真にうつった厳しい顔立ちと、つぐんだ口から、かろうじてローラにわかったのはその時代だった。それは十年前、いや、もっと前だったかも知れない。いずれにしても彼女が演劇に転業したときに撮られたに違いなかった。とすればすでに十五年前のことになるが、『人形の家』を演じていた頃の写真であろうと思われた。もはや映画にはお呼びがかからなくなり、この挫折を機に、より本格的な芸術に向かおうとひそかな意欲に燃えているときだった。彼女はノルウェーに戻り、両親の劇団で、ノルウェー語で演じることになった。

この話のお陰で、彼女の所属事務所は新聞雑誌にまた何本かの記事を獲得することができた。一面記事とまではいかなかったが、あちこちに、ときには写真も掲載するよう頼み込んだ。台所の壁に貼られているのはおそらくそのときの写真で、ローラ・ドールの変身、彼女が偉大な芸術に身を捧げるために新たな、厳しい人生に挑戦していることを物語っていた。彼女は毎年シーズン初めに両親が出演していたイプセン祭にも参加した。熱烈な演劇通が両親の舞台を楽しみに待っていたが、彼らは芝居を知り尽くしていて、見せ場の前にも後にも拍手喝采するほどだった。

ローラは父親の相手役を務めた。夫役の父親は、舞台ごとに老いていったが、誰も彼の老いに気づかず、格別ご贔屓筋の観客たちにはますます円熟度が増していると見なされた。ローラは母親が演じていたノラの役に挑んだが、観客たちは母親の演じるノラに馴染んでいて、母親が彼らのノラになっていた。ローラは邪魔だった。国際スターという彼女のオーラは、国民的、家族的なお祭りである舞台から彼女を遠ざけた。いつも母親と比較され、彼女に好感が持たれることはなかった。不本意ながら娘に役を譲った女優の母親は、観客たちががっかりするのを見て悪い気はしなかった。彼らの落胆は、初めこそ聞こえてはこなかったが、役を無理矢理おろされたことに対する慰めのようにも思われた。

ローラは家族のなかで自分の居場所を取り戻すことができなかったが、舞台でも自分の立ち位置がわからなかった。両親の不満と観客の敵意のはざまで、舞台は彼女の失意の場所となった。毎晩、せりふをとちり、演技はもたつき、誰か、優しいまなざしを投げかけてくれる観客はいないか、誰か、間を埋め、遅れを取り戻し、自分にはもはや外国語同然のノルウェー語の度忘れしたせりふを補ってくれる人はいないかと必死になって探し求めた。ローラは震え、ふらつき、しゃくり上げ、錯乱状態になり、身震いして瀕死のハトのようになった。しかし観客は冷たかった。舞台は映画の死をじっと眺めていた。

ある晩、いきなりローラの役を取り戻したのは彼女の母親だった。ローラは、キャラバンのような例の楽屋で酔っ払い、母親の浴びる観客の喝采を耳にした。もはや彼女が舞台に立つことは論外だった。ノイローゼの振りをする必要もなかった。あまりの壊れように自分は二度と立ち上がれないだろうと思った。彼女は隔離され、彼女の存在が招いた観客たちの動揺も鎮まった。彼女が頭上まで水中に閉じ込められ、水底に沈んだことを示すさざ波さえ立たなかった。水面を覆う鋼鉄は、光線も、騒音も遮断した。一トンの氷、一トンの苦悩、一トンの恥辱が彼女の呼吸を妨げた。彼女はニューヨークに旅発った。空港まで見送りに来る者は誰ひとりいなかった。母親までもが舞台の仕事で身動きが取れず、娘を見送ることができなかった。

「私、覚えている。ニューヨークに着いたとき、雪が降っていたわ」ローラはバベットにいった。

「でも、あの写真はあなたじゃない。あれはオーロラよ！」とバベットは決めつけた。

「オーロラですって?」ローラはあわてふためいて、つぶやいた。まるですべてが崩壊し、崩れ落ちるのではないかと思われるほど、台所の壁がガタガタ震えた。それじゃ、私の写真はどこにあるの？　もう一方の壁を探したが、ローラの写真はどこにも見つからなかった。かつて空港で、鏡の前に立った自分の姿がうつらなかったときと同じように、彼女は途方に暮れた。これで私も終わりなのだ。もはや鏡にもうつらないし、壁にも貼られないし、映画にも出ない。私はカメラマンを殺したんだわ！

「あなたの写真は、ここにあるわ」グロリアが台所のテーブルの引き出しを開けながらいった。引き出しから、さまざまな無用の書類があふれ出た。

「でも私の写真、前はあそこにあったのよ」とローラは、壁を指さしながらいった。

「そう、前はね。でも今は作家と作家がいっしょに写っている写真を貼っているの。俳優はねえ……」とグロリア。

「そっか、もちろん作家よね」ローラはつぶやきながら、とつぜん頭が混乱して、何か飲み物、何か強いお酒はないかしらと、台所を見まわした。

どうかしているわ、とバベットは思った。彼女は同意を得ようと、グロリアの視線を求めた。しかしグロリアは、気まずそうに、引き出しをかきまわし、必死でローラの写真を探していた。あった！　ほら、ここにあなたの写真があったわ！　グロリアは決して何も捨てない性分だが、もしかしてゴミ箱に放り込んだのではないか、破いて捨てたのかも知れない、と一抹の不安を抱きながら、洪水のときか、火事のときにこんなことになっちゃったのよ、できるだけ取っとくようにはしたつもりだけれど、と不器用に予防線を張っていた。

ローラは自分のことしか考えないし、自分しか見ていない、とバベットは見てとった。そしてグロリアにこの女優はうぬぼれもはなはだしいと注意を促した。あなた、ローラは問題よ。彼女ったら、もう自分のことはたくさんしゃべったから、こんどは少しあなたについて話しましょうよ、な

新刊

人文学のための計量分析入門
――歴史を数量化する

クレール・ルメルシエ／クレール・ザルク著　長野壮一訳

数量的研究の威力と限界

数量的なアプローチは、テキストの精読に依拠する伝統的な研究方法にいかなる価値を付加することができるのか。歴史的資料を扱う全ての人に向けた恰好の書。

購入はこちら

Now Printing

四六判並製276頁　定価3300円

普通の組織
――ホロコーストの社会学

シュテファン・キュール著　田野大輔訳

「悪の凡庸さ」を超えて

ナチ体制下で普通の人びとがユダヤ人の大量虐殺に進んで参加したのはなぜか。殺戮部隊を駆り立てた様々な要因――イデオロギー、強制力、仲間意識、物欲、残虐性――の働きを組織社会学の視点から解明した、ホロコースト研究の金字塔。

購入はこちら

四六判上製440頁　定価6600円

公共内芸術
――民主主義の基盤としてのアート

ランバート・ザイダーヴァート著　篠木涼訳

国家は芸術になぜお金を出すべきなのか

国家による芸術への助成について理論的な正当化を試みるとともに、芸術が民主主義と市民社会に対して果たす重要な貢献を丹念に論じる。壮大で精密な考察に基づく提起の書。

購入はこちら

四六判並製476頁　定価5940円

新　刊

英雄の旅

――ジョーゼフ・キャンベルの世界

ジョーゼフ・キャンベル著
斎藤伸治／斎藤珠代訳

偉大なる思想の集大成

神話という時を超えたつながりによって、人類共通の心理的根源に迫ったキャンベル。ジョージ・ルーカスをはじめ数多の映画製作者・作家・作品に計り知れない影響を与えた大いなる旅路の終着点。

購入はこちら

四六判上製396頁　定価4950円

共産党の戦後八〇年

――「大衆的前衛党」の矛盾を問う

富田武著

党史はどう書き換えられたのか?

スターリニズム研究の第一人者である著者が、日本共産党の「公式党史」はどう書き換えられたのか」を検討し詳細に分析。革命観と組織観の変遷や綱領論争から、戦後共産党の理論と運動の軌跡を辿る。

購入はこちら

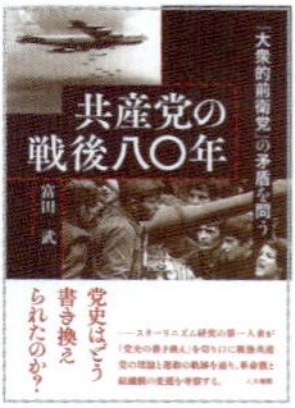

四六判上製300頁　定価4950円

性理論のための三論文

（一九〇五年版）

フロイト著　光末紀子訳　石﨑美侑解題
松本卓也解説

初版に基づく日本語訳

本書は20世紀のセクシュアリティをめぐる議論に決定的な影響を与えたが、その後の度重なる加筆により、性器を中心に欲動が統合され、当初のラディカルさは影をひそめる。本翻訳はその初版に基づく、はじめての試みである。

購入はこちら

四六判上製300頁　定価3850円

んていった口の下から、あなた、私のことをどう思う？　なんて訊くのよ。そしてグロリアが、そんなの大袈裟よ、というと、バベットはグロリアを説得しようと、ローラが単純なのは、常に自分がすべての中心にいることに慣れっこで、自分はそれに気づかない振りをし、この度を越した特権を我が物にしているからなのだと力説した。ローラはまわりの人たちを意識しなかった。まなざしにも、微笑みにも気づかない振りをしていた。それでいて彼女は決して孤独ではなかった。彼女の脳裏にはいつも熱烈なファンが群れをなしていた。シンポジウムの期間中も、自分が唯一の呼び物なのだと信じてやまなかった。ところが実際には、しゃがれ声の元女優の単調な朗読は、彼女のために法外な費用を分担したグロリア・パターを始めとするフェミニスト仲間たちのお情けで実現した、ぱっとしないショーに過ぎなかった。

バベットは怒りがこみ上げ、懲らしめてやらなくちゃと思った。自分がだまされそうだと気づいたときにはいつもそうだった。真実を白日の下にさらさなければならない。彼女は無意識にそれが自分の使命だと考えていた。大学じゅうを探しても、受験者たちの込み入った言い訳や、不正な細工をした答案用紙、捏造した履歴書、過大評価した成績、コピペした論文などの問題を彼女ほどてきぱきと解決する教授はいなかった。正義を通さなければならないという責任感が彼女の心をとらえていた。彼女は異常に興奮して、嘘を見破り、でっちあげをくつがえして、犯人を唖然とさせ、自白を強要した。私のことをいったい誰だと思ってんだい？

バベットはこの女優にも彼女の無価値、その消え失せた美貌、消え去った才能——才能など、もともとあったかどうか知らないが——を突きつけてやりたいと思った。それにあのおめでたい作家、いかにも上流そうな風貌とフランス人アクセントの英語をしゃべるオーロラも同じ袋にたたき込めばいい。彼女の際立った落ち着きぶりは、作家たちが自分の本のこととなると共通して持っているあの貪欲さを隠していた。作家というのはすべてのことから自由になって、自分たちの縄張りを示す小さな黒い記号と記号のあいだで毎ページ、根を張ってゆくのだ。

　俳優は映画で観るべきだし、作家は活字で読むべきだ。生身の作家とひんぱんに接触したりすることはバベットにとって気詰りだった。彼女はあの偉大なシェークスピア学者の「作家は死後が良い」という言葉を思い出した。彼女はただ単に作家は死後が良いにとどまらず、作品が著者から解き放され、永遠に作者不詳なのが良いと思った。グロリアが組織するシンポジウムにおける生身の人物崇拝は無意味で、不愉快だった。そしてやっと、目がグロリアの目と会った。ねえ、グロリアったら、目を覚ましなさいよ！

　ローラは戸棚にケーキ用に取っておかれたラム酒を見つけ、それにオレンジジュースを混ぜて飲みながら、オーロラの写真をしげしげと眺めた。なぜそれを自分の写真だと思ったのか、不思議でならなかった。そしてとつぜん、オーロラが自分に似ていることに気がついた。

「これ、あなたの写真よ」とローラは、台所に入ってきたばかりのオーロラにいった。これ、あなたの写真。ローラはうっかりオーロラから取り上げてしまいそうになったその写真をしぶしぶ彼女に返した。

22

出版社のホールを通り抜けるとき、オーロラはいつも漠然とした不快感を覚えた。シーズン毎に本が出た作家たちの顔写真が壁に貼り出されるのだが、その数がきわめて多い上に、それら作家たちの写真が、同じ単調な表紙で覆われた彼らの本よりさらに特徴がないからだった。写真は作家たちにアイデンティティーを与えていなかった。彼らは異論を唱えることもできたであろうに、どの写真も皆同じサイズで、同じ角度から、手のひらにあごを乗せた、いかにもという同じポーズで撮られていた。しかも故意に黒っぽく焼き付けられていたため、輪郭が際立って、まるで本を印刷するのに使ったインクが無表情の彼らの顔ににじみ出たかのようだった。それでもどの作家もその表情についてコメントされていないだけまだ救いがあった。おや、これは、とオーロラを立ち止まらせたブラジルのサンタレン空港ゲートのドアに貼られた犯罪人手配写真のようにコメントされたらたまったものではない。誰のか見分けがついて嫌な思いにさせられるような写真が一枚でもないかと思ったが、どれも同じ顔だった!

大理石のそのホールは陰気だった。訪れる人はみな納骨堂にでも入って来たかのように声がくぐもり、顔写真の下に印刷された名前に目をやりながら気を紛らせた。オーロラは死者を大切に思う遺族がどんな雨風《あめかぜ》にも耐えられるよう、小さな七宝焼きにして墓石にはめ込む顔写真のことを思い浮かべた。若い兵士の写真であったり、名の知られた五十歳代の人、あるいはメガネをかけた若妻の写真であったりした。写真はその人を永遠の存在にするためのものだ。それでも死者は老い続け、やがて時代遅れになり、あるいは陳腐にもなった。不滅という点では、軍人墓地の無限に広がる風景のなかで誰それのためということなしに建てられた十字架や、ユダヤ人たちの墓石に積み重ねられた小石のほうがより自然であるように思われた。ほこり、灰。ミミ伯母は正しかった。オーロラは暖炉の火を眺めるのが好きだった。

作家として公表されるはじめての写真を撮りに行った日、彼女は強烈な雪の光にさらされて身動きができなかった。まるでクレパスに落ちたまま、時間にも記憶にも消されることなく、数世紀後、氷河が溶けて戻ってくる登山家たちの死体のように、硬直した状態で後世に伝わることになった。オーロラは出版社の氷河のふところで凍結死していた。

カメラの後ろで写真家は説明した。消え入るような生気の失せた顔、それにおよそ人を惹きつけないうつろな目をした作家たちの写真を撮るのが、いかにむずかしいか。彼らは遠ざかるんですよ。逃げるというのではないんですが、視界から消えていくんです。ですから、あとで修正して、輪郭をはっきりさせておかないと、新聞に載ったときに、ぼんやりした幻影にしか見えないんです。目と鼻のところが黒い穴の開いた、白いしみとなって現われるオーロラになってしまうんです。

オーロラはカメラの前でじっと懸命にこらえ、ほかの作家たちのように消え去ることのないよう、心のなかのイメージにしがみついた。ぐっと歯をかみしめて、レンズを見つめた。

滑稽なのは、スター気取りのオバサン作家たちなんです、と再び写真家は語り始めた。彼女たちは恋を知るのがあまりにも遅かったために、早く追いついて挽回しなければならないと強く望み過ぎ、ほかのものすべてを打ち捨ててしまう女性たちに似ています。美人気取りで演技し、写真を撮られるときは全力投球するんですよ。オーロラは全力投球はすまいと、からだの緊張をほぐそうとした。髪の毛を肩にたらしてみたり、口元をふくらませてみたり、そこにさらしているのは彼女たちのセックスなんですよ。その瞬間は自分たちの本のことなんかそっちのけ。上衣の胸をひろげ、ブラジャーのホックをはずし、パンティーのゴムひもを引き下げるんです。売春婦がショー・ウインドーのなかでするように、自分のからだをひけらかすわけです。彼女たちにはぞっとします。写真家は続けた。はだかの部分が露わになればなるほど喜ぶんですよ。いっそのこと舞台で寝そべったらいいんです。客が物欲しげに見てくれますからね。オーロラの緊張は完全にほぐれていたが、写真家にはそんなことはどうでもよかった。彼が撮ろうとしていたのは雪の写真なのだ。人物は、雪の日のむずかしい光線具合の効果をみるための口実に過ぎず、そのために彼女が提供するのは陰影で、顔やら目やら、微笑みの失せた口元などはたまたま写るに過ぎないのだった。

彼女は夫への最終和解の意思表示として、その頃パリに立ち寄ることになっていた彼に、写真を選ぶのを手伝いに来て欲しいと頼んでいた。自分もひとかどの人間であることを証明し、ちゃんと生きていることを知らせるためだった。夫はあまりにもこれ見よがしに遅れて来たので、いらいらして待つ写真家にどう言い訳すればよいかわからなかった。その上、到着したかと思うや大急ぎでファイルに目を通し、これは口元が駄目だ、それは目が悪い、こちらはあご、そちらは微笑み方がいかんと言い立てた。長いあいだ待たされた上に、はじめてほかの作家たちの写真とはひと味違った写真ができたことに満足している写真に決定的な文句をつけられた写真家に対して、オーロラは申し訳ない気持ちでいっぱいだった。すべての写真に目を通した上で、やむなくグロリアの台所の壁に貼られている写真を選ぶと、夫はぶしつけにドアをばたんと閉めて、立ち去った。彼女は役人の態度を写真家に詫びた。

「しかしあいつが不満を持っているのは私の写真ではありません。私ではなく、あなたですよ」

オーロラはわが身の不幸があからさまにされてしまったことに目を丸くして呆然と立ちすくみ、写真家を見つめた。それは彼の撮った写真と同じ、無言の苦悩をたたえる彼女独特の表情だった。これほどの年月をかけた末に彼女にわかったことは、夫は自分を愛しておらず、これまでも愛したことがないというだけでなく、自分の顔の造作のすべて、肌のきめのすべて、まつげの一本まで嫌っていたということだった。

「彼、私の夫なんです」とだけ彼女はいった。

「え！　そ、それは失礼しました」写真家は謝った。そして、「もしよろしければ、撮影、最初からやり直しませんか？」と申し出た。彼女は彼の腕に飛び込んだ。

彼はスタジオの長椅子の上で彼女の愛人となった。映写機や、フィルムの匂いのするほこりだらけの床を這うコードの真ん中で、彼女が恋の誘惑について読んだすべてを一挙に否定し去るほどの激しくも、絶望的なばかりの興奮だった。モデルのポーズがあらゆる前戯、あらゆる口説きを凝縮していた。レンズ越しにずっと観察していた写真家は、オーロラの内面にまで精通しているようだった。あの夫とはいつまでたっても恋愛のことなど何もわからず、もっと悪いことに、彼に欲望をさえぎられ、抑えられ、断ち切られて、自分のからだについて無知のままにされていたなどと説明する必要もなかった。彼女を縛るあらゆる絆、あらゆる羞恥心、上手くやれないのではという不安や苦悩をすべて取り払って見知らぬ男の腕に身を投じるには、大地震が必要だった。

「それじゃあ、気をつけて」と彼は戸口で彼女を見送りながらいった。「くれぐれも気をつけてお帰りなさい」

通りに出た彼女は、もう何が何だかわからなかった。気持ちを落ちつけようと、一軒の店のショー・ウインドーの前に立ち止まった。ガラスの向こう側は何も見えなかった。ただうるさく心につきまとう自分のからだの影がディスプレイや店のインテリアをさえぎっていた。とつぜんその影が見えなくなると、悪夢のように、自分のからだが肉体を備えたものとして立ち現われ、その場全体を占拠した。しかしそれは一瞬のめまいだった。確認しようと食い入るように見つめると、ショー・ウインドーにビロードのハンドバッグやシルクのスカーフが現われ始めた。彼女は写真家のいった気をつけてという言葉が、何か特別な直観から発されたものなのか、あるいはすべての訪問客にそういって交差点やタクシーの停車場の角に注意をうながしていたのか、訝った。ゆっくり急がずに行きなさい、歩行者優先なんてありませんから、二回に分けて渡って下さい。

写真家とオーロラには何の共通点もなかった。兵隊用の安物の機器一式、写真のフィルムをいっぱい詰め込んだカーキ色のパーカ、カラシニコフ銃の代わりのカメラ、どれをとってもオーロラが恋の相手にしたとは信じがたい男性だった。彼女は自分もまた彼に気に入られなかったと感じていた。彼はベッドに倒れ込み、パリの冬の寒さを嘆き、亡命生活を嘆いた。仕事は祖国レバノンのベイルートでと考えていたところ、フランス人作家や三流俳優たちの写真を撮って、空っぽの彼らから写真で何かを引き出して欲しいと委託されたのだった。彼は祖国の戦車や泣きぬれた子供たちの顔を脳裏に描きながら、パリの娼婦たち相手に暇をつぶした。彼女たちは白粉をはたいたあと、ブローでかためたヘアースタイルを確かめ、スピード写真のボックスに入るように、ほとんど羞恥心もなく、レンズの前に座った。

写真をひどいもんだとけなした役人は、またしても、正しかったのではないかと彼女は自問した。写真をめくりながら、自分がいかに醜く、取り乱し、途方にくれているか、まるで生きたままピンでとめられたチョウみたいに優雅さに欠け、電極ヘルメットをかぶせられたネコ、はたまた恐怖で目から燐光を発するイヌさながらに、苦悩に満ちていることに気づかされた。これがいわゆる作家の写真なのだ。女優の写真とはなんとかけ離れていることか。オーロラは女性たちが写真の上で一日だけでも女王さまになりたい、作家よりは女優になりたいと願う気持をもっともだと思った。

「これは綺麗な写真よ」バベットがいった。

「写真家が良かっただけよ」オーロラは答えた。

写真家はオーロラに、気をつけて、と忠告したその交差点で事故死した。彼女がそのことを知ったのは、死後だいぶ経ってからだった。彼女は写真家に、男性作家も女性作家と同じくらい辛辣に自分のイメージをとらえるものですかと聞いておかなかったことを後悔した。彼女はその交差点と、彼女を振り向かせてキスするために彼に摑まれた肩の感触を覚えていた。その死はどこかで生きている夫ほど気にならなかった。彼女は喪に慣れていた。

23

「これは作家の写真としては綺麗だわね」バベットはローラの張りつめたまなざしを感じながら、オーロラに向かって繰り返しいった。「あなたには似ていないけれど、あなたの本に似ているわ」そして彼女に同意を求めるように「違うかしら?」と付け足した。

オーロラはパリで、医学部の教授宅の夕食会に招かれたときのことを思い出した。それは教授がフランス・アカデミー会員になるための運動の一環で、彼女は恋人の医者に同行したのだった。教授夫人はすべてが首尾よく進行するよう配慮を欠かさず、ちらっと時計に目をやりながら、最後に到着する招待客を待って、ホストの教授が細心の注意を払ってシャンパンを開けるのを見守っていた。会話が一段落すると、一同は食卓に移ったが、料理が運ばれるたびに議論が中断し、やがてイヌの話題になった。

オーロラはレイラとボビネットの体験談をすれば、自分も会話の仲間入りができると思った。レイラは自分の親友で、ボビネットはその愛犬のダックスフントだ。しかし、ダックスフントといいましてもアルトワ地方のバセット犬とブルターニュ地方の野犬との混血なのですが、と断わりを入れると、もはや彼女の話には誰も耳を傾けなくなった。招待客たちはとりわけラブラドール犬に関心を持つ階層の人たちだった。次いで雑種についての考察がなされ、雑種というのはイヌ全体のなかで、最も天分に恵まれ、最も知能が高いと、一同、同じ意見で盛り上った。医者は、予想通り、ちょっぴりユーモアを添えた。イヌと子供をわざと混同して、「私は子供が苦手なんです」と大袈裟に言い間違って、頭をかき、窮地に立たされたような表情をして、周囲をどっと笑わせた。誰もが大喜びし、心のなかで、今日は楽しい夕食会だったと確信するひとときだった。

やがて食後のリキュールがふるまわれた。壁面を飾る次席検事の等身大の肖像画の下の長椅子で隣り合わせになったホストの教授から、オーロラが一撃をくらったのは、だから完全に気を許しているときだった。あなたの新刊小説、ぞっとしますな！

とうの昔に彼女は自分の作品を弁護するのを止めていた。最初の頃は反論したり、ユーモアを交えてはねつけたりしたものだが、もはやそれもしなくなっていた。彼がぞっとすると思ったわけだから、彼女はそれを認めた。彼女自身、ひどい小説だと思っていた。

「あなたのいう、本に『似ている』っていう意味がわからないわ。私はこの写真が何に似ているかわからないの」オーロラはバベットに向かって答えた。

「けわしい顔しているわね」とバベット。

「そうね。けわしいし、悲しい顔をしている」彼女は同意した。

「幸い、実際のあなたはこんなんじゃない」とグロリアが助け船を出した。

オーロラは自分の写真の横に貼られているオラクル氏の写真を見ながら、誰もこの写真がきつく写っているとか、悲しい顔をしているとかいわないのを不思議に思った。これはオラクルの写真、ただそれだけだ。それは彼が公表を許可した唯一の写真だった。博士論文を書く学生たちに創作意欲をかきたてるために彼が送ったもので、『ラガルド・エ・ミシャール編、二十世紀フランス文学』に掲載されている写真だった。一人の作家に一枚の写真。世紀に挑戦するただひとつの顔。時代を熟視するただひとつのまなざし。この人物は最近めったに公に姿を見せないが、フランス文学の終焉とフランス語圏文化の到来を予言し、オクラホマの大学で老いの年を重ねていた。彼は自らの不朽の名声を準備していた。

「でもあなたってこんな感じでしょ、そうじゃないかしら?」バベットは続けた。「私は作家とその作品が別のものとは思わないの。内容と形式だって別のものじゃない。自分が書こうとしていることと無関係な作家なんてありえないわ」

「私は教授じゃないから……」オーロラは後ずさりした。彼女は自分がいつも避けてきた夫婦げんかのようなこの文学論争から逃げ出したかった。しかしこれは彼女がシンポジウムに参加すると決めた段階ですでに浮上していた問題だった。

「ねえ、いい! ごまかさないでよ!」バベットはオラクルを引き合いに出しながら立て続けにいった。「『罪を犯して誰の役に立つのか? 物を書いて誰の役に立つのか? 叫んで誰の役に立つのか?』って彼はいっている。作品、つまり作家の書く話は作家本人の役に立つのだって。描写したいことのなかから書くものを選び、あるいは書きたいことをいかに描写するかを決めるのはあなたでしょう。たとえば、あの動物の死にしたって」

「彼女が選んだわけじゃない、あの死は避けられなかったのよ」グロリアが分け入った。

「でもその動物の死を描写する言葉を選んだのは彼女でしょう、違う?」

「そうよ」とオーロラは答えた。

「とても残酷だった、あの場面は……」ローラは前日の朗読を思い出しながらいった。「感情が声に出ないように、単調な朗読でもって文章を捕らまえ、文中の突っ張った腱は引き抜き、全体を平坦にすることがどんなにむずかしかったか」

「そうねえ……」といいながらオーロラは、遠い昔、幼い少女だった頃、アフリカで殺せと命令された動物を前にして息苦しくなり、ほとんど感覚がなくなるほどつらかった日のことを思い出した。殺せといわれる原因を作ったのは自分であり、その宣告が正しいこともわかっていた。残酷さからではない。動物を堪えがたい苦痛から解放するためだった。責任は自分だけにあった。それでも少女は全身全霊で殺すという考えにあらがった。そして彼女がめそめそするあいだも動物はますます激しく苦しみ、早く楽にしてやりなさいよ、と懇願する大人たちを苛立たせた。

しかし奥さん、もう、楽にしてやらなければなりません。獣医が彼女の母親にいった。そのあいだも彼女は小犬の黒くなった唇に口をあて、その苦しみを、その痛みを、飲み込んでやりたいとひたすらに思うのだった。少女のからだは、肘をくの字に腕を引き締め、ただジャンプして飛び上がろうとするしかなかった。地団太踏むのをやめなさい！　しかし彼女は地団駄を踏んでいるわけではなかった。どの出口も見張られているので、空中を飛んで逃げようとしていたのだ。彼女はその場に居合わせた野次馬たちの輪に囲まれ、捕われの身だった。彼らの頭上を越え、屋根を越え、空を飛んで逃げて行きたかった。そのとき、壁のように立ちはだかる男たちの脚のあいだで母親のスカートが抜け道になっていることに気づき、あそこをくぐって逃げようと、とっさに飛びついて行って破けんばかりにスカートを掴み、握りこぶしで、殴ったり、たたいたり、パンチを食らわせたりしたが、ただちに闘牛場の真ん中に引き戻され、瀕死の動物と対面させられた。彼女がかかとで頭を踏んでしまった小犬は、断末魔の苦しみでけいれんしたように震えていた。「さあ、もうひと蹴りよ」母親は娘を勇気づけようとしていったのだった。ほとんど死んでるわ！


「えっ？　何が？」バベットが訊ねた。

　オーロラは逃げようとしたが、バベットも、グロリアも、ローラも、彼女をじっとにらみつけて返答を迫った。みんなの視線を逃れてオーロラは、テーブルの箱をじっと見つめた。なかの動物はもはや動かなくなっていた。ほとんど死んでいるわ！　オーロラはいった。

　グロリアはネズミが動くかどうか、こんこんとプラスチックの箱を爪ではじいた。しかしぴくりともしなかった。彼女は周りを見渡して、わらをどけるものがないかと探した。スプーンをつかむと、その柄でわらをかき分けた。わらの下で、ネズミは不恰好な姿で手足をだらりとさせていた。さあ！　ちょっとは動きなさいよ！　グロリアはスプーンで促した。それでも何の反応もなかったので、今度ははっきりと大胆にまずつついてみ、次に腹部にスプーンの柄を押し当ててみた。それからスプーンのくぼんだ部分を使ってそっとネズミを持ち上げた。まあ、いやだ、ほんとうに死んじゃってる！

その言葉にみんなが声を揃えてつぶやいた。死んじゃった！ 彼女たちは箱の周りに引き寄せられた。しかし死を見届けようとした瞬間、ネズミは身震いし、片脚を腹部に引き寄せた。死んでいない、死んでいないわ！ 彼女たちは叫んだ。それは脚のあいだをハツカネズミに走られた女性が発するヒステリックな叫びだった。グロリアは、恐ろしくなって、スプーンを引っ込めた。ネズミはわらの上にひっくり返り、引きつったようにけいれんした。オーロラには、それとわかる動きだった。彼女は恐怖で立ちすくんだ。

運命は女性たちの集う台所という最も安全な場所にまで、彼女を追いかけていた。ここはアメリカ大陸のちょうど真ん中、のどかな州として知られるカンザス州の小さな夢の町、復活祭を祝う春の朝のことだ。彼女が小説に書いたことはいつも現実のものとなった。彼女はネズミの死を想定していたのだろうか？ 彼女がそれを書いたために、死を描写しようとして選んだまさにその言葉通りに、死が現実となり、彼女が引き起こしたこの現実はほかのすべての現実を凌駕するのだった。

「言葉の戯れ、死の戯れ」バベットがいった。

「それ、レリスの引用なの？」グロリアが訊ねた。

「いいえ、ラヴィよ」バベットは答えた。

向かいの教会では、牧師がプールの前で、信徒たちに読み聞かせをしていた。『墓の入口で、女たちは墓石が動かされているのを見て恐ろしくなり、後ずさりした』ひとりの少女が一張羅の黄色いオーガンディーのドレスを着て、このドレスは袖なしだからコートを着ないと寒いかもしれないと気をもみ、朝から震えていた。お気に入りの綺麗な黄色いドレスの上に親の勧める古い冬のコートなんていらないと言い張った。暑すぎるから！　お祭り用のこのドレスを着たいばかりに朝早くから起きて、汚してはいけないからと朝ごはんも食べたがらず、スカートがどれくらい大きく広がるか見定めようとぐるぐるまわっていた。教会へ送ってもらう車のなかで兄弟喧嘩をしていた少女。とつぜん牧師の言葉に目覚めた少女は、頭のなかでつぶやいた。なぜ、女たちは恐ろしくなったのだろう？　キリストが復活したというのに！　少女は信者たちといっしょに、明るい声で嬉しそうに繰り返した。キリストが復活した、キリストが復活した！　そう、少女は復活を信じていた。ほんとうに復活を信じ、喜びに溢れていた。

　カンザス州、ミドルウエイは淡い色の薄紙に包まれた小包のようだった。オーロラは小包の薄紙を一枚いちまいはがしていった。そして彼女がそこに見つけたのは、揺るがぬ記憶という残酷な贈り物であった。小さな亡骸は本から本へと持ち運ばれ、こんなところにまで死に神のごとく彼女を追っていた。こうして再び私を見つけたんだ、と彼女は思った。

「釜の周りをぐるぐるまわれ、腐った内臓を放り込め」とつぜんババベットがかん高い声を出した。それからテーブルの周りに座っている哀れな女性たちに向かって、無知な聴衆をやり込めるかのように、勝ち誇った口調でいった。「マクベス、第Ⅳ幕第一場」

「苦労も苦悩も二倍にするぞ。火を焚きつけろ、釜をぐらぐら煮立たせろ」ローラがしゃがれ声の目立たない、むしろフランス語よりも自然で美しい明快な英語で、言い返した。

バベットはびっくりして、ローラに「あなた、この芝居を知っているの」と訊ねた。

「舞台でやったのよ」とローラは答えた。

「まあ、あなたマクベス夫人をやったの、ほんとうに？」バベットは信じられないような様子で問いかけた。

「この芝居で私にできる役なんて、他にないのよ」とローラはいった。五回のロンドン公演、そして閉幕に追いやられた酷評の苦い思い出がローラによみがえった。なぜミスキャストもいいところの自分を使ったのだろうか、なぜ自分はあんな挑戦を受けてたったのだろうか？　劇場はブラックホールみたいでめまいがしたものだった。彼女は記憶力を総動員して、魔女たちが大なべに投げ入れていたものは何だったかしら、と思い出そうとした。

「ヘビのヒレ肉、トカゲの皮、カエルの指、フクロウの目」バベットが嬉々として答えた。

「イヌの牙、オオカミの歯」とローラが付け加えた。

「サルの手」オーロラも思いついた。

「あなたたち、ネズミはいかが？」グロリアがおどけて話に割り込んだ。「私のネズミを放り込んでもいいわよ！」

24

バベットは洗面用具を取りに地下室へ下りて行った。足元で、小さな梯子階段がぐらぐらした。先は暗闇だった。部屋を照らすひとつきりの電球のスイッチを手探りで探していると、不意にうしろからグロリアが明かりをつけた。電線の先にぶらさがったはだか電球が強烈な光を放った。バベットは目がくらみ、手で目を覆った。グロリアはいらいらした様子で彼女を押しのけ、洗濯機に走り寄ってふたを開けた。バベットは押されたはずみで転げそうになった。脱水し過ぎの洗濯物が皺くちゃになっていた。グロリアは干す前に少しでも皺をのばそうと、両手で勢いよくはたいた。映写技師のぬれたシャツが何枚もバベットの目に飛び込んできた。フェミニストでありながら、彼はいつまでも妻に下着類を洗わせている。グロリアがそうしたいのだ！

「私は洗うけれど、アイロンはしないの。たいへんなのはアイロンかけなんだから」とグロリアはシャツを物干し用の紐にかけながら弁解した。

むかつくとバベットは思った。彼女は自分の家の乾燥機に思いを馳せ、自分がどれだけ物事に細心の注意を払っているかを考えた。そしてグロリアの乱暴さ、荒々しさ、繊細さのかけらもないことにいらだちを覚えた。このことは彼女に盗作の一件を思い出させた。ああ！　コンピューターで捏ね上げ、加工して翻訳した彼女の本はさぞかし見事なものだろう！　加工しようのない箇所は原文のままいただいたに違いない。このような強奪、剽窃は、バベットが創作について考えている長い構想、熟成、冷静な推敲を経て、絶えず手直しされ、訂正される作品とは何光年も離れているように思われた。ぬれた下着類や、ほこり、壊れたおもちゃ、廃品のような家具でいっぱいのこの地下室同様、悲惨極まりない本になるに違いない。

「……ところであなたのダイジェスト版、というかあなたの改作版、あなたの縮小版、呼び方はどうでもいいけれど、あなた、それを出版するつもりなの？」バベットは訊ねた。

「もちろんよ」とグロリアは答えた。

「でもそんな盗作やっているのをどうやって切り抜けるつもりなの？」

「盗作なんかじゃないわ、れっきとした翻訳よ」とグロリア。

「そりゃないでしょ！」バベットは叫んだ。

「アメリカ英語ではね、オーロラ・アメールはグロリア・パターっていうの」グロリアはいった。

バベットは苦笑した。彼女はこれら二つの名前の対称性など考えたこともなかったが、アメールという名前をパターに重ねても、何の意味もなかった。彼女はグロリアが冗談をいっているのだと思った。しかしグロリアはじっとそこに立ったまま、溜まりにたまった憎しみを露わにしてバベットに向き合っていた。バベットは一瞬、身の危険を感じた。

「ねえ」とグロリア。「もしもね、お金が必要なときに、歩道で部厚いドル紙幣の束を見つけたら、あなた、どうする？」

「貰っちゃうわ」ババットはさらりといった。

「それじゃ、もしも緊急に車が必要なときに、鍵を付けっ放しの車を見つけたらどうする？」

「その車を貰っちゃう」

「そうでしょう！　私はね、私は、本が必要なの。だから貰っちゃうのよ」

ババットはドル紙幣と車のことをすでに後悔していた。彼女は正義感の強い正直な人間だった。拾ったお金は届け、車はガソリンを満タンにせずに返さないはずがない。文学界の道徳観念に精通しているグロリアが、どうして、たとえ一瞬でも、小説があちこちに捨てられた原稿の寄せ集めに過ぎず、鍵をつけたまま放置された車と同じように、本だって盗作者を待っているなどという発想ができるのか、ババットには不思議でならなかった。

そしてとくに今回の場合、グロリアはオーロラ・アメールがどう反応するかについて誤解しているように思われた。ババットは、あらゆることに無欲恬淡《てんたん》のように見えていた人が、じつは瑣末《さまつ》なものまで欲しがり、それを実現するためには驚くべき執拗さでもってどんなチャンスをも見逃さない例を何度も見てきた。オーロラ・アメールは、いつかこのスキャンダルを嗅ぎつけたとしても、それを法廷に持ち込んで弁護士に処理させるような女性ではない。しかし彼女は語のひとつ、句読点のひとつにいたるまでグロリアから返却させるために、たとえこの無二の親友の腹を引き裂かなければならなくなったとしても、自分自身で探しに行き、取り戻すであろう。

シンポジウムの朗読の時間にローラが動物の死の場面を読んだとき、ババットはそんな予感がしていた。彼女はだから作家オーロラの顔に喜びの輝きとか、不安の影とかが表われるのではないかとじっと見つめていた。そしてバベットが目の当たりにしたのはぞっとする光景であった。言葉が発せられるたびにそれをねこかぶりに待ち伏せしていたオーロラは、こらえる涙がきらきら輝く瞳で、女優の口元を見つめ、唇を動かしていた。まるで朗読された文章を後から読んでその文章を取り戻しているかのようだった。あるいはもっと悪くいえば、一語たりとも女優に飲み込まれないよう、すべての言葉を勘定しているかのようだった。朗読の時間が終わったとき、オーロラ・アメールは満足した作家というよりはむしろ大事な宝石類を金庫にしまって店を閉め、ほっとしているダイヤモンド商のようであったのだ。

「それは同じじゃないわ」とバベットはいった。

「何が同じじゃないのよ？」

「本を欲し、本を必要とするのは、お金や車を欲し、必要とするのとはわけが違うってこと。お金や車は盗むことができても、本や絵画は盗むものじゃないわ。盗作は窃盗ではなくて、強姦なのよ。強姦された女性たちがいかに無力にされたかについて研究してきたあなたは、誰よりもそのことをよく知っているじゃないの」

「私はねえ、私は、たぶん強姦され、剝奪され、無力にされた女ではないかも知れない。何の意味もないアメリカ人という身分以外に肩書がないわけでもない。確かにあなたは私たちのなかでただひとり、嬉々としてアメリカ人を自認しているわよね！　私は自分の出生について語る本が欲しいの。自分の子供時代を語る本が欲しい。自分がさる所のさる人物であるということを語る本が欲しいのよ」

　ここ、この地下室では、グロリアは何でも可能だった。彼女には何の限界も、何の拘束も、何の法則も、何のきまりもなかった。権力に酔い、誰からも非難されず、何をもってしても抵抗できず、誰もが屈服し、ひれ伏し、後ずさりするような情熱の絶頂で、彼女は我を忘れていた。バベットは女性を性格や天性でひと括りにする考え方に懐疑的だった。それは時代遅れであり、女性を思考という理性の秩序から遠ざけ、大地との関連に連れ戻すものだと考えていた。しかしグロリアを目の前にしていると、竜巻や台風、嵐が脳裏に去来した。グロリアは月の引力が引き起こす波動のようであった。大洋からやって来て、大河を逆流させ、両岸に溢れながら、途中のすべてをさらって行く。バベットは常に一定の節度を保ち、少なくともうわべだけでも女性らしく見せることで過激になるまいと考えていた。グロリアに劣らず自分にも迫っていた嵐のような激しさを抑え、封じ込めるための武器であるかのように、自分の身につける衣服をかき集めた。なぜなら、グロリアと同じようにバベットもまた、規則や慣習など容易に一掃できる強力な女性だったのだ。しかしながら自分が好きなようにやるのをグロリアはどうしてほっといてくれないのだろう。一緒にやろうとしたことでは、こちらはいつだって二番手、地味な役回りばかりだった。

　グロリアは、ほんのわずか身をかがめさえすれば、女性であること、しかも黒人女性であり、民主主義者であり、反植民地主義者であるという自らの社会的地位がもたらす物質的な利点や、寛大な誠意を両の手いっぱいに集めることができた。彼女が登場するだけで、すべてが語られるのだ。誰に反論することなどできたろう。このことは知的分野における彼女の活動範囲を著しく広げていった。というのも彼女は、もちろん論破するためであったが、特定の物の見方をもてあそび、特定の語彙を使うことができたのだ。もしも同じ文脈で、同じことが他の女性の口から発せられたならば、罵詈雑言を浴びせられるに違いなかった。

ババットはあるシンポジウムでグロリアがひとりのヨーロッパ人講演者を擁護したときのことを思い出した。その女性は、講演の前置きとして、自分が中立の立場にあり、健全で純粋な路線を支持しているということを公言しなければならない慣習を無視していた。彼女はかなりの時間を費やして危険なほどに女性プリミティヴ主義の概念について発表し、参加しているフェミニストたちの感性をいらだたせた。最初のやじの口笛が彼女の言葉をさえぎったとき、グロリアは狼狽した発表者のところへ駆けつけ、聴衆に向かって宣言した。私、グロリア・パターは、女性として、ひとりの原始人であることを宣言し、その結果として自らの人種的原始性を主張するものです。私は女性として、またアフリカ人として、二重に原始的です。そしてまさしく原始的である私は、自分を世界の、そして生命の起源と位置づけております。万雷の拍手が起こった。しかしそのヨーロッパ人講演者は出版されることになる講演集からプリミティヴという言葉を削除した。

グロリアはアフリカ大陸におけるアルジェリアの位置を間違って、白人種の多く住む海岸部ではなく、黒人種の内陸部に、そして北部ではなくより南部にあると考えていたため、ババットをむずかしい立場に置いていた。ババットの自由闊達な発言を拒み、彼女の反人種主義フェミニズムを、自分のあとから、あるいは自分と同時に繰り返させるのに都合のよい舞台にしかババットを立たせなかった。最も重要なところで沈黙を強いられたババットは、窒息しそうだった。もう一方で彼女の人生のバランスをとっていた夫のパイロットがフェミニズムに反対していたため、なおさらだった。パイロットは、グロリアをはじめその他大勢がいくら空威張りしても無駄だ、彼女たちはくそったれに過ぎないと繰り返すのだった。

バベットは自問した。なぜ自分は姑の家に行くとグロリアや彼女の過激な友人たち、パイロットが女どもとけなして止まない、ぎすぎすしたインテリ女性たちをかばうのだろうか、そしてグロリアの取巻きのなかにいると、なぜ自分はフランス領アルジェリアをその悲しい運命のままに打ち捨てることができないのだろうか。国は存続していたが自分には何もしてくれなかったではないか。とりわけ、なぜ自分はこれまで何も理解してくれず、聞く耳さえ持とうとしないグロリアをいまだに説得しようとしているのだろうか？

「浴室を使うわね」グロリアがいった。

「私が先よ。私、だいぶ遅れているんだから」とバベットは答えた。

今朝と同じように、急いで出かけなければならないときなど、今二人が並んで化粧している浴室の洗面台の前で何度、かち合ったことだろう。グロリアは背が低いからと鏡の前方を占めようとし、バベットは近視だからと、鏡のなかのグロリアに悪態をつき、肩を武器にして彼女を鏡から遠ざけようとした。憎らしい思いだったが、どちらが憎らしかったのだろうか？　すぐ横にいて互いにからだのぬくもりを感じ合っているグロリアなのか、あるいは激しい言葉を吐いて口をとがらせ、醜い仏頂面をしている鏡のなかのグロリアなのか、あるいはまた、悪態をつきながら自らの不幸を受け入れられないでいるもう一方の自分自身なのか。しまいにバベットの目にとつぜんどっと涙が溢れ、化粧をし直さなければならなくなった。

「アルジェリアにだってレジスタンスはあったのよ」とグロリアは確信をもって、見下すように断言した。

「私は若かったのよ」とバベットが答えた。

「だからどうだっていうの？　十六歳で戦う女の子たちもいたのよ」グロリアは声を荒げた。

「そう、テロリストたちがいたわね」バベットはあざ笑うようにいった。こうして彼女は、グロリアによって、ほんとうに厄介払いしたかった不寛容な人種差別主義者の側に閉じ込められてしまった。スーツケースを持って逃れる女性たちもいれば、爆弾を仕掛ける女性たちもいたのだ。

25

青春を台なしにされ、子供時代を思い出させるぼろ切れも、おもちゃも、一冊の本もなく、そんな時代はなかったものと諦めさせられて、どうして世のなかを恨まないでいられよう？　バベットには何もなかった。皆無だった。引揚者（彼女はこの言葉が大嫌いだった）ひとりひとりに荷物の重量制限があった。何度も測り直された二十キロの荷物のなかに個人の思い出になるようなものは一グラムたりともなかった。その代わり、最後の瞬間、持って行くことに決まったクスクス用の鍋があった。鍋はバベットが持つ羽目になった。嫌だと抗議したにもかかわらず、父親が彼女のスーツケースに引っかけたのだった。何もかも失った彼女は、もう一度自分の部屋を両手で確認し、脳裏に刻んでおこうと、真剣な面持ちで最後の最後に自分の部屋を一周した。鎧戸を閉めようとしてひび割れに触り、爪と身のあいだに灰色のペンキの破片がちくりとささった。そんな取るに足りない小さな痛みも、彼女が持ち帰ることになったもうひとつの痛みだった。鎧戸まで伸びたイチジクと中庭のキョウチクトウの香りのする痛みだった。

フランスの植民地であったアルジェリアを出るときは、祖国、フランスに帰るという幻想を抱いていたが、マルセイユの港に着いた途端、みんなは幻滅した。海は同じ海、空は同じ空であったが、国は決して同じ国ではなかった。丘に沿って階段状に建てられた家々やアパートの建物はどことなくみすぼらしく、古びて見え、すえたような、苦い不快感が漂っていた。人々の態度もどこか厳しく、排他的で、自分たちを外人か、乞食か、ペスト患者のように扱った。自分たちは彼らと同じ国の人間ではなかったのだ。

バベットは自分たち一家がフランス人でないことに気がついた。自分たちが所属していると主張していた国は、十九世紀に出版されたエピナル版画の通俗的なイメージを通してしか知らないフランスだった。自由、平等、博愛の国、青、白、赤の国旗の国であり、自分たちが上陸した国とは似ても似つかない国だった。彼女が気づいたときには後の祭りであったが、アラブ人たちと自分たちとのあいだには、ありもしない歴史にまつわるさまざまなイメージが自尊心の壁のように立ちはだかっていた。今となって彼女が思うには、五感のすべてを通してアイデンティティーを訴えているはるかに明白で確実な地理的現実の周辺に再び集結すべきであった。そしてただ目をひらき、鼻の穴をあけて、肌をひからびさせる沙漠の風を感じ、あるいは季節が変われば、台所の緑と白のタイルの上で、朝には足も凍り、からだを麻痺させんばかりの地中海の長い冬の湿った寒さを感じていればよかったのだ。

忘れもしない一九六二年の夏、自分たちはフランスに耐えた。マルセイユからアヴィニヨンへ向かい、アヴィニヨンからポール・ド・ブックに舞い戻り、路頭に迷った。ポール・ド・ブックからトゥールーズへ、次いでトゥールーズからボルドーに辿り着いた。ボルドーには自由の香りのする海の匂いを期待したが、そこにあるのは都会の喧騒と蒸し暑いアスファルト、閉まったシャッター、それに横柄な態度のホテルの門番たちだけだった。自分たちはオリエンタル・ホテルを選んだ。駅に近かっただけでなく、あばら屋のような佇まいから安宿であろうと期待したからだった。貧すれば鈍するものだ。清潔でさえあればいいんだよ、と祖母はいった。しかしホテルは清潔ではなく、女たちは男たちが街に新聞を買いに出たあいだに掃除することから始めた。バベットはマットレスを裏返し、シーツを点検してあやしいところを洗い、床はほうきで掃き、ダンボール紙を重ねてほこりをすくい取った。新聞紙がちり取りの役目をした。

バベットはすぐに理解した。いつまでも女四人と男三人の集団でいれば切り抜けられないだろう。一度に七人という大人数の家族に部屋と食事を与えるのは容易ではない。もし彼女がひとりで旅していれば、電車の席を見つけるのも簡単であろう。髪の毛を肩に垂らし、スマートなからだつきに豊かな胸をした十六歳の娘など、いつだって座る席が見つかるものだ。夜になれば、どこかの男性が廊下でタバコを一服するあいだ、ここで横になればいいと自分の席を譲ってもくれよう。ときには彼女のほうを振り向いて肩越しに様子を伺うこともあったやも知れない。彼女も目をぱちぱちさせ男性を盗み見たことだろう。しかしどのドアを開けるときも、無理矢理かかとで押し開け、まずはトランクの置き場所を確保しなければと、彼女は汗まみれの、絶望的な、崩壊した家族の先頭に立っていた。トランクなど通路の奥に置いておけばよいものを、盗まれてはいけないと大騒ぎして車内に持ち運んだのだった。

彼女はマルセイユの港で道に迷った振りをするべきだった。家族みんなと別れ、海の風を夢見るのをあきらめ、パリ行きの電車に飛び乗るべきだった。水のなかに飛び込むときのように鼻をつまみ、目を閉じて、それまで住んでいた国、アルジェリアとは正反対に冷淡なこのフランスという国に飛び込んでゆくべきだった。フランスが縁もゆかりもない外国の地だったならば、彼女にあのような苦渋を味わわせることもなかったであろう。しかしここは親戚付き合いが断ち切れ、どの程度の縁なのか思い出せないほど漠然とはしていたが、確かに縁続きの祖国であることに違いなかった。母が祖母を守っていたように、祖母は孫娘を案じていた。「ババッットを見なかったかい？」ババットは一家のクスクス鍋を背負っていた。それはしびんを見せびらかしているのと同じくらい恥ずかしく、どの兄弟もこのほてい腹の大きな荷物を引き受けるのを拒んだことをババットは忘れなかった。彼女はそれをリュックサックのように肩にかけ、空いた片手で自分のスーツケースを持ち、もう一方の手で祖母のスーツケースを母と交代で持った。

ババットは、このクスクス鍋さえなかったなら、いまにこの鍋を囲んできっと家庭を再建してみせるという母の必死の願望さえなかったならば、本国送還もこれほど厳しいものとはならなかったであろうと思った。母は粗野なまなざしと絶対これだけは譲らないという確固たる信念でクスクス鍋を持ち帰ることに固執した。アルジェリアはあきらめるけれど、私のクスクス鍋は手離さない！両親のけんかが始まると、祖母は涙を流しておろおろし、兄弟たちは不平たらたら。そんなことを避けるためにババットは勇敢にも鍋を背中にくくりつけ、両親の夫婦げんかを食い止めた。彼女は母親が大好きだったし、それに何となく母親を背中に負う思いで、クスクス鍋を肩甲骨の上でしばったのだった。

バベットがそれまで持っていた世界観が変わったのはポール・ド・ブックで電車に乗ったときだった。車掌が自分たちをからかうように、あなたたち、方向が違っていますよ、このままですと時間が二倍余計にかかりますし、運賃も二倍高くつきますよ、と説明してくれたのだ。彼女ははじめて腕力や能力は男性側にあり、無能力は女性側というのはでたらめであることを悟った。彼女は父親が息子たちを引き連れてマルセイユ駅のホームで情報を集めるのを見ていた。それからこの雑踏のなかではすべての情報が得られなかったのか、父親は同じ方向に出発する旅行者たちに長々と質問して友達になり、希望を取り戻していた。電車に乗ると、モスタガネンから来たという旅行者に勧められた行程をみんなに教えた。父はアルジェリアのモスタガネンと聞いただけで今度こそ間違いないと信じ込んだのだった。バベットは車両の奥の壁面に打ち付けられたアルミ・ボードを調べに行き、ポール・ド・ブック駅がマルセイユとボルドーのあいだを走る横断線からはずれた行き止まりであることに気がついた。しかしそのときでもまだ彼女は、地図という確かな情報よりも父親の言葉と判断を信頼していた。

コーエン父さんは街じゅうでいちばん強く、一家のゆるがぬ家長であったかも知れないが、電車の乗り方も知らなかった。自分の決断を頼りに生きる家族を愚かな旅路に引きずりまわした。この電車の旅も波瀾万丈のほんの始まりに過ぎなかった。彼はいつも間違ってばかりいたが、堂々としていた。何かをしようとするときには必ず二人の息子をはべらせ、外では自分の請求に重みを与える役目をさせ、家のなかでは自分の失敗を正当化するために使っていた。

女たちは父親に不信感を抱いていた。しかし究極の慎みから、彼女たちはそのことに触れなかった。たとえ触れることができるようなときでも、触れようとしなかった。それほど彼女たちは父親の自尊心を傷つけること、そして自分たちが父親に抱いている威厳を失わせることを恐れていた。父親が失敗したときには、彼を慰め、運命を嘆いた。運がなかったのよ、と彼女たちは繰り返した。指をたて唇を結んでなんとか寄せつけまいとしていた不幸をいつの間にか受け入れ、ぬくぬくしたねぐらまで作ってやるのだった。家族の懐のなかで万事が不幸へと傾いていった。バベットは羽毛のクッションの上で悪臭を放つ老いぼれネコが太るように、不幸が増幅してゆくのを目の当たりにしていた。一日が終わり、家族が帰宅すると、ひとりは仕事を断られた、ひとりは学校で悪い点を取った、もうひとりはミニバイクで事故を起こした、神経痛が悪化した、とそれぞれ嘆いては不幸に栄養を与えた。たらふく食べさせられてそれ以上食べられなくなると、不幸は食べたものをすっかり戻すのだが、せめて父親の分だけは飲み込ませようとみんなで気を配った。

グロリアはそれらのことをすべて知っていた。バベットが激しい口調で苦々しい思いを話してくれたことがあったのだ。しかしグロリアはアルジェリアからの追放はあなたにとってチャンスだったのだといってバベットを慰め、自分たちの今の社会的成功が不幸な子供時代や引き揚げの青春時代を償っているのだと主張した。「あなたがボルドーに着いたとき、もしも誰かがあなたに三十年後にアメリカのミッシング・H大学国際関係学部の部長にと誘っていたら、あなたは二つ返事でサインしたんじゃないの？」

「ええ！　もちろん、サインしたでしょうね！」

グロリアはバベットの個人的成功を持ち出して、彼女にアルジェリアの独立の意義を認めさせようとした。もしもバベットがそのままアルジェリアの片田舎に残っていたなら、大学に行くチャンスなどなかったはずだと。コーエン父さんは決して娘をひとりでアルジェのような都会へやることはしなかったであろう。運よくアルジェに行かせてもらえたとしても、せいぜい、窮屈な寄宿舎で鍛えられ、師範学校に入ったとして、そのあとどうすることができただろうか？　一族郎党の輪のなかで、父親より年は若いがすでに父親と同じくらい暴君の第二のコーエン氏と結婚でもするしかなかったであろう。

バベットはこの点に関してはグロリアのいう通りだと思った。アルジェリアの独立はひとつには祖国において、もうひとつは家庭において、男たちに二重の猿ぐつわをかませ、その結果、彼らの娘たち、より正確には、その機に乗じることのできる娘たちに自立心をもたらした。父親や兄弟たちに残された唯一の権限は、家族の女性たちにとってずっと重荷であった性的な嫌疑に厳しい目を向けることであった。

「お姉ちゃんが出かけて、何をしているか、ぼく知っているよ」フランスへ発つ数ヶ月前、弟が彼女に激しい言葉を投げかけた。

「私が何をしているっていうの？　高校へ行って、勉強しているのよ！」小さな弟のあまりの尊大な態度に驚いて、彼女は言い返した。

「勉強している？　うっそー！」弟はみだらな笑いを浮かべながらいった。

フランスに引き揚げてから、身をもちくずした女狩りの標的にされたのは、街の豊かさと美しさに血迷って有頂天になったバベットの妹だった。妹はいつも勝手に街をほっつき歩き、約束の時間には遅れ、学校の廊下で化粧の跡を拭ったり、買い物袋に母親のパンプスをしのばせて買い物をしながらレディを気取ったりして咎められた。ふしだらな女め！　と兄たちは揃って妹のあとをつけ、跡が残るほどのびんたをくらわせ、髪の毛をつかんで、窓から投げ捨ててやる、とおどした。バベットはどんな風に男たちが女を殴るか知っていた。からだが女より大きい男は最初に、女が首のなかに引っ込めた頭のてっぺんをなぐり、次いでわき腹、そして手で顔を覆うため保護するもののないお腹をなぐるのだった。鼻をへし折ってやる。そのざまで街をぶらつくがいい。

不幸をもたらす悪魔は爪をとぎ、暴れ放題だった。何ヶ月ものあいだ、妹を死に追いやるまで、兄と弟は自分たちの全エネルギーを妹の監視に費やしていた。自分たちの仕事を探しに行く代わりに、妹を見張るために街をぶらつき、猟犬のように襲いかかって妹を捕まえた。あわてふためいた妹は、とっさに兄たちを自分の隠れ場だったマスカラを買うスーパーか、高校をさぼって恋愛映画を観ていた映画館へ連れて行った。

誰の目にも明らかだったバベットの近視は、大学に入って一段と悪化し、視力がなくなるのではと心配されたが、この近視のお陰で、さしあたり兄弟たちの関心からははずされた。バベットのメガネは色恋を防ぐ妙薬だと納得したのであろう。ふしだらな妹に対するけんか腰の監視は、バベットに向けては近視眼のインテリ女性に対する軽蔑的な哄笑に変わっていた。

答えなくていいよ、が母親の口癖だった。母親は四六時中、男たちの弱みをかばって言い訳を見つけてやり、彼らの無能をひた隠しにし、彼らの口実に耳を傾けた。何の口実も見つからないときは不運のせいにした。答えなくていいよ。あんたはいい子よ。優しいし、強いよ、あんたは。そういったかと思うと、バベットをじっと見つめながら、まあまあ、あんた、あんまり大きくなっちゃ駄目よ。お婿さんが見つからないじゃないの、という。母親はどんな事があっても娘に弱々しい外見を保って欲しかった。『脆きものよ、汝の名は女なり』なのだ。学歴が高過ぎるのも、肩書きが多過ぎるのも良くなかった。胸が大き過ぎるのも、腰が大き過ぎるのも駄目。コートを着ないで外出しちゃ駄目ですよ、スリップを着て、カーディガンのボタンはちゃんととめなくちゃね。

自分とはまるで違うと感じながらも、バベットは母親が大好きだった。彼女は大勢の子供たちのなかでただひとり、文句もいわずにあの恥ずかしい、かさ高いクスクス鍋を受け持った。母親は人々がティノ・ロッシのシャンソンを口ずさみ、ダンスを好んだ別世界、別時代の生まれだった。女たちが抱き合い、女同士で優しくくし合うダンス・パーティー。男が女に優しさを振りまくことなどありえない時代だった。踊る楽しみ、男たちに対する恐れ。腕を組み合っての散歩、そして……三百年も前にスペインから輸入した方法で、扇子をかざし、まつげ越しに、すばやく、控え目に、男たちに視線を投げる。胸とベルトのあいだに向けて、お腹に、ベストの先端に、あるいは腕時計の鎖に向けて。それより上は挑発するのを恐れ、それより下は恥ずかしくて目が向けられなかった。そのくせ、家では子供たちに相手の目を見て話すことを要求した。彼女の目は黒く輝き、熱かった。ちゃんとママの目を見て話しなさい。それほど真実をいわせることを求め、激しかった。とつぜん厳しくなったかと思うとたちまち元の優しい母親に戻った。世のなかを永遠に続く闘いのように生きていた。絶対にこちらと断言したかと思うと、あちらだといったりした。笑っているかと思えば、大粒の涙を流し、優しい言葉をかけているかと思えば、ののしりはじめた。愛しては、憎むのだった。

そんな母もフランスに引き揚げてから気弱になり、あえて外出することもなくなった。世界をガラス越しに眺めていた。朝は台所の窓ガラスから、夜はテレビの画面を通して。男たちのシャツにアイロンをかけ、買い物は自分の代わりに妹にやらせた。自分の目で見て選ぶことができず、訊ねる勇気もなく、常におつりをごまかされるのではないかと心配した。家に帰ってはじめて計算し直し、ごまかされていないときでも、ごまかされた気になって、またたわ、と涙ながらに嘆いた。あとになって娘のバベットといっしょに計算し直して、足りないと思っていた硬貨が揃っているのがわかっても、まだ泣くのだった。妹が亡くなったとき、それから祖母が亡くなったときも、母はひとりでバスに乗らなければならなかった。頭に被ったネッカチーフをあごの下で結び、早くからバス停に来て、小銭入れを握りしめ、手首の内側にボールペンで書いた墓地の入り口の番号、通路の番号、墓の番号を何度も口ずさみながら、長いあいだバスが来るのを待った。

「私ってほんとうに芯からユダヤ人なのよ。フランス人なんてとんでもない。アルジェリアからのフランス人引揚者でもない。ユダヤ人なの、根っからのユダヤ人だわ」バベットはグロリアを見つめていった。

「それじゃ、私がどれだけ自分をアフリカ人だと感じているか、わかってくれるでしょう」急に仲直りしたように、グロリアが声を上げた。

26

グロリアとバベットが二階のバスルームへ行ったあと、ローラは椅子に座ったまま意気消沈していた。まるで靴箱のなかで死にかかっているネズミを見たくないかのように、両手で顔を覆っている。手は荒れ、前腕はたるんでいた。オーロラは自分よりほんのわずかしか年上でないローラがすでに老女となっていることに気づいた。

ミミ伯母は皇后みたいな髪型をして、首に紫色のビロードのチョーカーを巻きつけ、年長者であることを誇張していたが、ほかにオーロラのまわりで年を取ることを自慢する人はいなかった。彼女が接する女性たちはたいてい十歳以上年上の人たちを老女とするのが常だったので、年寄りといえる人は誰もいなかった。思いやりに欠けた定年退職という制度が、肉体的にも知的にも充分能力を持ち合わせたすばらしい人生半ばの六十代の人たちに降りかかってはいた。しかし誰も老いることを嘆きはしなかった。ただ食事の量が減ってエネルギーが不足し、休暇が必要となったり、最悪の場合、慢性の成人病にかかったりする人もいたが、目の体操をしているので老眼鏡はまだ早すぎるとはねつけていた。どちらを向いても、老いなど問題外で、話題にもされなかった。逆に、たぶんこのことはオーロラ自身の変化のせいかも知れないが、彼女はまわりの人たちがみんな若返っているのを発見し、彼女たちはなんてはつらつとしているんでしょう！　と感心した。

レイラとの友情が続くなか、ボビネットだけが年相応に老いていた。犬は四倍早く年を取るといわれている。ボビネットはすごく太っていた。女主人のレイラのそばで窮屈そうな赤いウールのコートにくるまり、大きなお腹をひきずっていた。青味がかった二つの目は眼窩から飛び出ていた。

「こんなにボビネットに惚れ込むなんて、私って馬鹿みたい」とレイラはカプチーノの表面のクリームをのけながらいった。「今じゃ、私が買った値段でこの犬を買おうと思えば、少なくとも十人の客を取らなきゃならないわ」

オーロラは自問した。レイラが値段のことを口にするなんて、ここ数年の、犬にかかった費用のことなのか、それとも自分の商売の上がりが少なくなったといいたいのか。

「私、アメリカへ行くことになったの。ミドルウエイよ」とオーロラは告げた。

「あら、私テレビで見たことがあるわ。『ミドルウエイの娘たち』あるいはそんな名前の連続ドラマだったわ……」

レイラは老化に関する固定観念を彼女の愛犬に当てはめていた。ボビネットが腎臓肥大にならないか、歯が黄ばまないか、鼻面が白くならないか、いつも気遣っていた。すぐに白くなる鼻面の白髪は彼女が染めてやった。すると口元のまわりの毛が燃えるような赤褐色になり、まるで火をくわえているように見えた。一ケ所だけ目立ち過ぎてはと、耳と耳のあいだの毛の房も染めてやった。

「なんて美人なの、さすが私の娘よね！」それからオーロラに説明した。ボビネットがこんなに個性的なのは、雑種だからなの。なぜって、純血種の犬はクローンでいつでも補充できるでしょう。でもボビネットを産んだ組合わせは二度と再現できないんだから。

彼女は老化とはつまるところ、からだの使い過ぎなのだとボビネットをとても大切に扱っていた。ずいぶん前から脊柱を保護するために、階段はだっこして上がり下がりしていた。老化予防薬が手に入るようになると、真っ先にボビネットに服用させた。ビタミンが臓器の自然退化を有効に防いだことがあると聞くと、世界中のビタミン剤を犬に飲ませた。オーロラがアメリカに行くというと、時の否応《いやおう》をいわせぬ攻撃から犬の細胞を護る作用をもつメラトニン剤を大量に仕入れてきてくれるよう頼み込んだ。

レイラ自身も、穏やかに老いていた。乳房は垂れ、お腹は出っ張り、その結果、くるぶしが極端にエレガントに見えた。あのね、思った通りにはいかないのよ。お腹が出っ張って、きゃしゃな足になるか、あるいは大根足をして、胸を反らせるか、どちらかね。どちらにせよ、男たちにはそれで十分よ、とレイラは、自分をいじりまわし、キスし、鞭打ってきた男たちへの復讐として、内心自分のからだの老化を喜んでいるふしがあった。怖い夢に出て来るように、男たちがいまに亡骸を抱いて目覚めることになるように、彼女はとことん客をとろうとしていた。しかしレイラはまだそれほど老いてはいなかった。だから男たちを興奮させるために出っ張ったお腹を見せて、ここにグレープフルーツぐらいの大きさの線維腫ができているの！　などとうそぶいた。彼女の壊れやすい精神の安定を乱すのはボビネットが死んでしまうのではないかという怖れだけだった。

「ボビネットが死んだら、私が別の犬をあげる、誓うわ」とオーロラは約束した。

「そんなの同じじゃない」

レイラは涙を浮かべて、いらない、といった。


ローラは身を起こした。水面に浮き上がるダイバーのように大きく息を吸って立ち上がり、窓のほうへ歩いていった。私、気分がよくないの。今朝は悪いところばかりだわ。いらいらするし。オーロラがコーヒーはどう？　と勧めたが、いらない、ラム酒で胃が締めつけられるような感じだという。オーロラはローラの吐息を聞いた。彼女はもっと深く息をしようとするが、それができずに喘いでいた。彼女は窓辺に寄りかかった。オーロラには窓ガラスを手さぐりするローラの長い手が透けて見えた。ローラは外へ出たがっている。

「窓はまだロックされたままよ」とオーロラがいった。

「私って、どうでもいいと思っているときには仕事があったのよ」ローラは窓の外を眺めながらつぶやいた。「映画に出るのが嫌でたまらなかったときにはよく役がまわって来たものだわ。そしてやっと映画を理解しはじめて映画が好きになり、役を演じるというのはそれまでのようにただ単に白い用紙に大きく書かれた二、三の単語を読みながら顔をクローズ・アップさせるとか、チョークで示された場所から別の場所へ移動するだけじゃないんだということがわかってきたの。そこに参加し、自分を無にして、その役になり切りたいと思うようになったわ。つまり真剣に演じたいという気になったの。だけどそのときにはもう役がまわって来なくなった。どんな役も」

「……あなたはそのことに気づいていたでしょう」ローラは指先で窓ガラスをたたいていた。

「映画には女性の役がないのよ。殺し屋ものとか、マンガのピンナップ、おかま……くらいしかね。私が今演じたいと思える役がない。私はほんとうに素敵な役が演じたいの！　私のために素敵な登場人物を書いてちょうだい」彼女はオーロラのほうを振り向いていった。

オーロラは秘かにローラの顔を盗んで自分の小説の登場人物に使っていた。少なくとも二つの作品のなかで、ローラは幼い主人公の母親になっていた。わがままだが美人の、若いけれども意地悪な母親だった。小説のなかで、もう楽にしてやらなければ、地団太踏むのをやめなさい、ほとんど死んでいるわ、といわせたのはローラの口を通してであった。そして昨日、シンポジウムでローラが動物の死の場面を朗読したとき、オーロラは自分の母親の口がそこによみがえってくるに違いないとローラの口元を見据えていた。やつれた唇のあいだから漏れる言葉は生彩を欠き、無味乾燥で、あれほど愛された口は光のなかに消えた。母親の顔はよみがえってこなかった。

逆光を浴びた背筋をぴんと張って、手を握り締めたローラはとても綺麗だった。オーロラはアマゾン河の屈曲部にある辺鄙な奥地で出会った居酒屋の女経営者のことに思いを馳せた。この役はローラにぴったりだ。オーロラはローラにその女性のことを話して聞かせた。熱帯地方に住むエヴァ・ガードナーみたいな女性よ、口紅をつけた憂うつそうな美しい口、ペルー人独特の激しいまなざし、瞼はたるんでいるの……。大分年取っていて、アル中で、麻薬中毒患者なの。うそつきで、いつも話をでっち上げ、芝居がかっていて、意地悪な女性だけれど、それはそれは多くの男性にもてたのよ。ショートパンツ姿でね、決して綺麗でもない太腿にとまる蚊を押したたきながら、バルコニーを歩きまわっていたわ。彼女の店の前を通って行く男たちはポーカー・フェイスだったけれど、目をぎょろぎょろさせていた。周囲五百キロメートルどちらを見渡しても、彼女が唯一の欲望の対象ってわけ……。彼女もそのことを知っていてね……。

「年増のアル中や麻薬患者の役なんていらない」とローラは不機嫌にオーロラの話をさえぎった。「いつもそんなくだらない役ばかりまわしてくるんだから！　嫌になっちゃう、もっと素敵な役が欲しいの……」

ローラは、綺麗なドレスを着て気取って歩く妖精やお姫さまの役になりたがる少女と同じだった。自分にぴったりしない役でもそれから脱皮する勇気を持たない頼りないスターたちと同じように、自分のイメージを変えてしまうかも知れない役がくると躊躇する。こういう女優たちに役を引き受けさせるには、大げさな形容詞であらすじを教え込み、何か願い下げにしたいような指示があると必ずとても綺麗なとかとても優雅、魅力溢れた、驚くべき気品、崇高な美しさなどと余計な形容詞を付け加えなければならない。オーロラは形容詞をすべて変えて、エヴァ・ガードナーの話をするべきだった。そうすればローラにも愛と欲望の物語だと伝わったことだろう。醜いものが醜を意味するのではなく、美しいものが美を表現するのではないということ、そしてそうとはいわずに、そこに到達するのにもっと遠回しの手段、もっと微妙な方法があるということを、どうすればローラや、ローラと同じように美しいものが好きな読者たちに理解してもらえるのだろうか？　オーロラはペルーのカバリョコチャのエヴァ・ガードナーのような女経営者の話がいつまでも心のわだかまりとなった。たまたまこのペルー人女性の秘密を暴いてしゃべり、自分の胸の内まで明かしてしまったことを後悔した。

ローラはわが身を弁護して、女性は五十歳、いや五十歳を過ぎてもまだ綺麗だと主張した。この過ぎてもとはまさに穿った言い方だ。彼女は自分の年をいうのに、あらゆる予防線をはらなければならなかった。彼女はオーロラが目の当たりにし、観客が知っていることをどうしても認めることができなかった。私がこんな風に見えるのは年のせいじゃないの。哀しいからなの。涙を抑えていると、顔が腫れてくるの。瞼にたまったしょっぱい水で鼻がつんとし、からだのなかまで流れてくるのよ。ローラは立て続けにしゃべった。

ほんの少しでも幸せだったら……、ひとつでもいい、嬉しいことがあったなら、誰かが素敵な役を見つけてくれたなら、こんな涙なんかすぐに涸れてしまうのよ、ねえ、わかるでしょ。覚えているわ、昔のことだけれど、どんちゃん騒ぎをしていた頃は、どんなに酔っ払ったり、好き放題な生活をしていても、撮影の十五日前になるとね、からだをきゅっと引き締め、少しのダイエットと少しの運動さえすればね、彼女は指をぱちりと鳴らしていった。再び元の美しい女優に戻ったものよ！

オーロラはローラが演じたすべての役、美声で演じた数えきれないくらい多くの女性たち、彼女によって体現された様々な運命、彼女が演じていらい、歴史上の人物や小説の主人公の顔となった彼女の顔のことを考えた。スクリーンにうつし出された映像が白いスクリーンに刻み込まれないのと同じように、彼女の演じた役が彼女に痕跡をとどめることはなかった。たとえ観客の心のなかでどんなに感動がふくらんでいったとしても、ローラは、彼女の映像を流したからといってまっ白な大スクリーンに責任がないのと同様、自分が呼び起こした感情に責任を持つことを望まなかった。

しかし彼女の顔から生まれた顔、彼女がえくぼやほくろを提供した顔は、ひとつひとつ彼女の皮をはがしていた。オーロラがアフリカで写真を撮ろうとしたとき、現地女性たちは私の顔を盗まないでといったものだが、彼女たちは、私の魂を盗まないで！　といいたかったのだ。それいらい、オーロラは一度もロケにカメラを持っていかなくなった。ローラは顔を盗まれていた。ローラの顔は人々の心の奥にしまわれ、忘れえぬものとなっていたが、ローラ自身はその顔を失っていた。大女優といわれる女性たちはみな自分の肉体を離れ、ローラと同じように、痕跡《あと》が残るといわれるような病気でしか再登場しないのだ。病気はその顔を見れば一目瞭然、悲劇的で、どんな巧みなごまかしをもってしても隠すことができなかった。

そしてオーロラは、俳優と同じように終わってみればただの人といわれないために自分自身を登場人物に投影しようとしない作家たちのことを考えた。書くという行為がどれほどエネルギーを消耗するものか、やっと書き上げた本を前にしたときの極度の疲労を思い起こした。誰しも一生のうちにそれほど多くの作品を残せるものではないと思いながら、すでに彼女は自分がアマゾンのエヴァ・ガードナーに心を奪われ、川の曲線に沿って会いに行くように小説という回り道をしてカバリヨコチャの娼婦に再び会いに行こうとしていることがわかっていた。長い、とりつかれたような対峙が始まっていた。ローラのいう通りだ。それは女優の仕事ではなく、作家の仕事だった。しかしオーロラは頭のなかですでに仕事という言葉を役という言葉に置き換えていた。これは私の役なの。

「……映画はもはや女性が嫌いなのよ」とローラはいつもの言葉を繰り返した。「私の世代の女性たちって、ユニセフ大使にでもなってるなら別だけど、今頃どこでどうしているのやら知りたいものだわ」

「舞台、だと思うわ」オーロラは答えた。

「そっか、舞台ね、やっぱり舞台なのね」ローラはうめくようにいった。

同じ年頃といえば、ローラの母親はローラよりはるかに綺麗だった。功成り名を遂げた厳しい女優。彼女は今や、肉体的な魅力は失っていたが、理想的な女性とみなされていた。これからも、死ぬまで同じ容姿を保ち続けることだろう。目が見えなくなっても、寸分たがわず舞台の奥行きがわかることだろう。中風になっても、仕草ひとつですべてを輝かせるすべを心得ていることだろう。少しずつ舞台の奥に身を沈めてゆくことだろう。拍手喝采を受けながら、幕は下り、彼女を覆うだろうが、それでも石の仮面のように刻まれた彼女の顔、そしてプロンプターの声が出てくる彼女の口元はいつまでも残ることだろう。

ローラが再びノラの役を演じることになったとき、母親は、ノラを犠牲者のように演じるのは間違っているとだけいった。ローラは母親の性格をずばりいい当てる言葉を思い出そうとした。そう、母親は「男社会のなかで、男たちの知らないあいだに、自分の好きなことをする女」であった。ローラは、ノラを犠牲者のように演じるのは間違っているという母親の忠告は、単なる演劇上の役割の枠を超えた人生哲学なのではないかと思った。才気に満ちた全盛期の若い女性が、結婚によって規律と義務に縛られていたときの人生哲学だったのではないか。母親ははるかに年上の、夢想家で物静かな男性、ローラの父親と結婚した。彼は演劇の他は何も知ろうとせず、人生を舞台の上手と下手のあいだで確立し、毎晩ていねいにお辞儀して聴衆と顔を突き合わせていたため、彼女も規則正しい、従順な生活を余儀なくされた。そしてそんな自分の人生をノラに代弁させていたように思われた。父親は若い妻をサーカスの馬のように長い引き綱の端でつなぎ止め、彼女が映画界に逃避したかったにもかかわらず、言葉で飾られたトラックを相も変わらず、何度も何度も、まわらせた。

映画は、真剣なものではなかった。監督や、プロデューサー、撮影主任たちにとってはこの上なく真剣なものだったに違いない。しかし俳優たち、少なくともローラにとっては真剣なものではなかった。彼女は真の仕事をしているという自覚を持つことができなかった。作り話をし合って役を割り振りする子供時代、彼女自身にはなかったけれど、そんな子供時代に戻ったかのようだった。

企画は、十編のうち九編は実現することなく、いつのまにか冷めていた。そこにどうしてもという情熱がなければ、決まって立ち消えになった。やっと出演できても、ほんの十日間のお祭り騒ぎが終われば、あとは死ぬほどの退屈が待っていた。そんなとき、彼女は時間つぶしに男遊びに明け暮れた。誰もがいっときは興奮するものの、契約が終わればすべては元に戻り、この種のいざこざは結局、惚れた腫れたの恋物語よりも高くついた。彼女は週末になるとスイスへ行って堕胎し、熱を出して唇をからからにし、子宮は血まみれのまま、フランスへ戻って再び撮影に入った。

そのころ彼女はフランス人監督の映画に出演していた。彼女はもはやその監督を愛していなかった。いつも、あちこちで、監督を裏切っていた。撮影現場でも、俳優や、音声係、電気技師の誰かれとなく浮気した。彼女は監督の見えるところで、彼の頭のなかで、撮影中の暗室で、彼を裏切った。監督の目と鼻の先で彼を裏切ったが、それでも監督には見えていないようだった。少なくとも彼女にはそう思えた。ところが映画のポスター用に監督が選んだ写真はなんと彼女の浮気現場であった。ローラが行きずりの男と隠れて戯れていた白いテントに二人の影がくっきりとうつっている。抱き合ってからみつく巨大な影がフランスじゅうの何千という壁に貼られた。監督はこのようにして彼女を晒し者にしたあと、すべての銀幕から彼女を抹殺することに躍起になった。

結局、ローラは一度も役者らしい役者だったことがなかった。彼女はフランス人監督の美の想像世界を具現していた。彼女を創り上げたのは監督であった。演じるために彼女がしなければならなかったことは、ただ監督に面と向き合い、彼の夢の反射をキャッチし、彼の感情を捉えることだけだった。『ベラ』のなかでも、ローラ・ドールの顔は光を浴びていた。つまり、監督が自ら『回想録』のなかで言明しているように、彼女の顔は混じり気のない空っぽそのものであった。何かを考えている頭は決して光をとらえることができないし、顔はどんな顔であれ、決して顔以外の何をもうつすことができないのだ。

空っぽといえば、ローラはたしかに天才的だった。撮影中私は彼女に叫んだものです。何もしないように。絶対に何もしてはいけない。何も考えないで、何も見ないで。君の頬骨の四分の三が見えてさえいればそれでいいんだ！　彼女の仕事は自分を泡のなかに閉じこめ、露のしずくのなかで瞑想することだった。

『読む女』の撮影をしていたとき、彼女は自分がクリスタルの瓶の栓に過ぎないと思った。録画するたびにフランス人監督は、ローラがすぐには理解できないよう新しい台本を持ち込んでは、それまで読んでいた古い台本が彼女の表現に影響を与えないように気をつけた。もしも君が理解しているということが見え見えだと、観客は君の読んでいる内容を追うだろう。しかし、そうでなかったら、みんなは君の顔、そして君の顔のなかの瞼を見つめるんだ。すると何人かの観客は、非常に漠然とではあるが、ラファエルの聖女アンナを思い浮かべるんだよ。そしてラファエルを知らない人たちも、自分が見ているのは他でもない聖女アンナなんだと思うだけでラファエルを発見した人たちと同じように、純粋美の感覚に到達するんだ。君にはこんなこと、わからなくていい。僕はスクリーンで、観客にラファエルを発見してもらわなければならない、絶対美の感覚を体験してもらわなければならないんだ。平凡な作家のくだらないせりふなど聞いて欲しくないんだよ！

あるとき、私はほかの監督たちと仕事をしたことがあったの。彼らは監督として何をやりたいのかがわからないまま、私に対して同時に『読む女』のようにも『ベラ』のようにも演じさせようとしたわ。私がそれらの役になりきると自分たちも少しはフランス人監督に近づけたと思えるからでしょ。ところが私がひとりですべてをやり始めると、悲惨な結果になった。私はどうでもよかったから、放り出したの、人生も、仕事も、いっしょにね。

ある夏の日、さんさんと照る太陽の下でシャンパンを飲んでいたとき、ローラは笑うことほど好きなことはないわと叫んだことがあった。何年も経って、ひどいうつ状態に陥ったとき、新聞で「ローラ・ドールはふざけるのがお好き」というつまらないゴシップ記事が目に入ったが、最初、ふざけるというフランス語の意味がわからなかった。彼女は自分の顔の皺や瞼のふちに溢れる涙、そして皺のあいだに流れ込む涙を見つめた。私がふざける、ですって？　私、そんなの大嫌いよ。

オーロラはマルティーヌ・キャロルの最晩年の告白を思い出した。マルティーヌ・キャロルは意地悪な質問にじつに誠実に答えていた。自分は間違っていた、自分はいい女優じゃなかった、間違った助言を与えられていた、だけどこれからはちゃんと自分の足で歩いて行くつもりだといって、自ら謝り、感動的だった。白黒のその映像は、厚ぼったい顔立ち、厚化粧、重苦しい胸を際立たせていた。ブロンドに染めたまつげの下の黒い瞳の奥にひそむ哀しみは、彼女がどれだけ絶望していたかを物語っていた。彼女が一瞬、口を閉じ、あらゆる将来計画を否定するかのようなその瞳をカメラがアップで捉えさえしていれば、やがてバスタブのなかで石鹸の泡とシャンパンと鎮静剤にひたって人生に別れを告げるマルティーヌその人を目の当たりにしたことだろう。ああ、プールサイドに佇むマリリン・モンロー。彼女の瞳は、何とむごい苦悩の表情だろう！　憂いを含んだまなざし、手のひらにハトのようにのせた顔、今にも蒸発してしまいそうなその顔は、永久に慰めようのない子供の悲しみを秘めていた。スナップショットなのかしら？　いや、違う。飛び立つ瞬間だ。写真はモンローの死後公表されたものだが、そこにはもはや彼女の隠し切れないすべてが写っていた。ローラはマリリン・モンローと同じまなざしをしていた。

27

「まだほかの二人には話していないんだけれど、私、これからどこへ行けばいいのかわからないの。待っていてくれる人はいないし、予定もない。夫もいないし、子供もいないの。仕事もないし、お金もない。家もないし、故郷さえないのよ。天涯孤独の身とは私のことね」とローラはしきりに窓ガラスをとんとんとたたきながら、自分は世界じゅうでいちばん孤独だと訴えた。

「ここに残りなさいよ。動物園が雇ってくれたら、たぶん私も残るから」ローラに対してとっさに親しげな口調になった自分にはっとしながら、オーロラはいった。

「でもあなた、誰かいるんでしょう?」

「誰か、なんて呼べるかどうか、わからないけれどね」

最初、オーロラはその男性に好感が持てなかった。デスクのうしろにふんぞり返って、さも迷惑だといわんばかりに、小学生の見学者たちがサル棟に入る前に聞かせる長い説教をして彼女を辟易させた。彼はゴリラやオランウータン、それにチンパンジーのシルエットが描かれたゴム製のドアを設置していた。だからドアを開けて入って来る人たちは、他の類人猿のシルエットの真ん中に自分のシルエットを重ねてみることができた。人間はゴリラよりほんの少し小さく、ほとんどオランウータンと同じ大きさで、子供だとちょうどチンパンジーのシルエットにぴったりはまる。彼らとわれわれの間にはほんの僅かな違いしかないんですよ、と園長はいった。それから彼女の目をじっと見つめながら、わざと怒らせるかのように、われわれは同じ種に属しているわけですからね、と付け加えた。

彼はおりの柵を撤去させていた。名前をもち、一族をひきい、問題をかかえたサルたちは板ガラスの向こう側で生活していたが、教育係を除き、誰もサルに触れることは許されなかった。オーロラは自分の子供時代からすればサルたちの状況はずいぶん変化したものだと思った。アフリカで、ある朝、猟師に捕まったあと村人たちに殺された母ザルの子、デリスを彼女の母親が家に連れて帰ってきたときからすれば、何と進化したことか。子ザルのデリスは女の人がお乳を飲ませていた。のちに、オーロラは子ブタも人間の女性にお乳をもらって育てられ、太らせられたあと、むさぼり食われるのを目にしたものだった。この動物園の園長と彼女とのあいだには何光年かの隔たりがあった。園長は女性がサルにお乳を飲ませることではなく、女性が自分のお乳で育てた動物を口にしなければならないことにショックを受けた。オーロラの母親は子ザルのデリスの命を、ちょうどその重さだった一キロの肉代を支払って救ったのだった。

どのみち、オーロラはサルたちを見ることさえできそうになかった。その日はチンパンジーたちがダンボール紙で遊ぶ日で、接近できるのは研究員たちに限られていた。園長は彼女に机の上でサルのファイルを見せ、それからしぶしぶ電話をして、レクリエーションのあいだマベルに会えるかどうか問い合わせた。「マベルというのはアトランタ動物園から連れて来られた幼いメスザルなんですよ」オーロラは迷惑をかけたくないと辞退した。彼女はデリスをはじめて腕に抱きしめた子供のときの感動をここで再び味わえるものと信じていた。デリスの思い出は他の何にもまして彼女の心のなかに生きていた。それは母親の思い出までも消していた。それがこの動物園の事務所に入ったとたん鮮烈によみがえり、マベルにも、他のどんなチンパンジーにも会いたくなくなった。失っていたあの感覚、いま再び取り戻したあの感覚をそっと大事に守っていたかった。あの黒い毛の下で膨れ上がった小さなお腹、あんなに小さくて長かった手、バラの花びらのようなあの可愛い顔立ち、デリスはうっとりするほど美しかった。

オーロラが今にも退散しようとする気配を感じた園長は、後悔の念にかられた。もしもオーロラがあと数週間カンザスにいられるなら、作家として《チンパンジーのための言語研究プロジェクト》のチームに加わってもらいたかった。彼女は翌日出発しようとしていた。「どうしても明日出発しなければならないのですか?」園長は訊ねた。「いいえ」とオーロラは答えた。「それでは」と彼は立ち上がって、帽子を手に取った。それはベージュ色をした布地の帽子で、リボンの代わりにヒョウのしっぽがついていた。帽子のまわりにヒョウのしっぽをつけ、インディー・ジョーンズ張りの格好をして自分の動物園をうろうろする男のいうことなど真に受けることができるだろうか?それでは園内をご案内しましょうと、彼女のためにドアを開けながら、彼はいった。

「ゴゴ‐デル‐ソル、太陽の峡谷」オーロラが檻の前に立ち止まってつぶやいた。どこにでもいそうなサルが数匹、訪問客に相手にしてもらおうと、そわそわしていた。

「その名前をご存知なんですか、あなたのような方が！」園長が感嘆の声を上げた。そう、彼女はその名前を知っていた。またキャンディみたいに甘く、果物みたいにすっぱい言葉、「ババード－モサ、お嬢さんのつばさ」も知っていた。「それじゃ、これらのサルもご存知ですか？」と園長は頭の両側がふさふさした赤毛の三十センチにも満たない小さなサルたちを指さしながらいった。「たぶん手が日焼けしたキヌザルじゃないですか？」「いいえ、マーモセットなんです」と、園長はその名前をフランス語で発音した。オーロラはマーモセットという言葉がサルにも使われることを知らなかった。それは昔から小さな男の子、子供、ろくでなしといった意味だと思っていた。

「正確には、ハパライドなんですが」といいながら、園長はハパライドの繁殖方法を研究したのはこの動物園だと説明した。「マーモセットは三世代のメスがいなければ生まれないんですよ。つまり幼い母親と若い祖母、そして勢いのある曾祖母が揃わなければなりません。一世代でも欠ければ、マーモセットは生まれないんです。若いメスはその母親の助けなしには出産に臨めないし、その母親もまたさらにその母親に見張られていなければなりません。三世代のメスが揃って用心していなければ繁殖という困難な企ては成立しないのです。赤褐色の産毛にくるまれた五センチほどの小さな子ザルが生を享けるには、三世代のメスが警戒態勢にいなければならないんです」

園長の考えでは、人間の女性もマーモセットを手本にすべきだという。彼はオーロラにたいへん失礼な出迎え方をしたことを詫びた。オーロラが大学の「フェミニズム研究学科」からの紹介だったことに加え、アメリカじゅうから子供を切望する女性たちがやってきては、実習のためと称してゴリラやチンパンジーの赤ん坊を抱きたがるのに飽き飽きしていたのだ。そんな女性たちは消毒服を着せられようが、出産に一晩じゅう待たされようが、引き下がらなかった。園長は彼女たちを分娩用の檻の前に並ばせ、一分毎に観察記録をつけさせた。メスザルがやっと分娩し、子ザルを洗い終えると、自分たち自身の子供の誕生など想像することさえできない実習生の女性たちは、感極まってむせび泣きをするのだという。

むずかしい症例の場合、園長は看護教室を開いた。消毒服にブーツを履き、マスクをして帽子を被った人間の女性たちが、子ザルを背中にのせ、四つんばいになって歩く。彼女たちは母ザルがもはやしたがらなくなったことをするわけだった。園長はこれを野生に戻すための再教育教室と呼んでいた。子ザルがもう少し大きい場合、園長は女性たちに、つり輪やタイヤにつかまって子ザルが木のあいだを跳びまわる訓練をさせることを要求した。

地球はどのように回転しているのだろうか？　オーロラは自問した。もはや戦争より平和を求める兵士、同じように投獄より犯罪防止にはしる警官、そしてここ動物園の飼育係は今や、学芸員というわけだ。オーロラは初期の頃のロケハンを思い出した。動物ドキュメンタリー映画のロケハンはすべて動物の捕獲の下見だった。二十年後には、動物たちを放つためにカメラが呼ばれた。そして今日、動物園が再び森を動物たちの楽園にしようとしている。

「ババ－ド－モサ」と園長は愛情のこもったまなざしで彼女を見つめながら、いった。

彼はオーロラの腕を握っていた。医務室をご覧にいれましょう。二人はオープンカーのレンジ・ローバーに乗り込み、動物園のずっと奥まったところにある別館の建物の前に乗りつけた。園長がドアを開け、二人がなかに入るや、病気の動物たちが園長に気づき、うめき声が期待の叫びに変わった。地面から天井まで響き渡るのはすべて求愛表現、待ちに待った優しさを求める叫び、甘く激しい愛の高まりだった。園長は鉄柵のあいだから手を差し伸べ、腹部や、頭を撫でてやった。自分のところにも来て触ってよといわんばかりに、動物たちは我先にと園長を求めた。

動物園には二つの顔があった。ひとつは昼間の外の顔。動物たちは見物客たちのまなざしをよそに、鉄格子の奥に引っ込む。もうひとつは夜間の内の顔。動物たちは話をする。医務室の陰で、動物たちは空腹や、逃走あるいは交尾願望だけでなく、もっとさし迫った、もっと強烈な、それなしでは生きていかれない愛の渇望を訴えていた。園長は天賦の才能を持っている、絶対的な、すばらしい才能を持っている、そして動物たちはそれを知っているのだ、とオーロラは思った。彼女は熱烈な愛情表現の現場に立ち会っていた。動物たちは愛を求めて叫んでいる。彼女はこの男性に対する欲望とこれらの動物たちへの愛情にかられ、気分が高揚した。

「あなたはサイに触れたことがありますか?」

「いいえ」オーロラは頭を振りながら、これは一生の不覚だと思った。

「それでは、いらっしゃい」と彼はいい、二人は再びレンジ・ローバーに乗り込んだ。「大きな反芻動物たちが横たわって休んでいるすごい洞窟があるんですよ」

動物園はオーロラが思った以上に広く、横切るだけでも時間がかかった。ワニやカメたちがアマゾン川の白いサギに混じってからだを温めている湖岸をドライブしながら、園長は、自分の母親が死んだとき、火葬にして遺灰をここにばら撒いたんですと説明した。ときどきここに来て祈るのだそうだ。夕陽があそこに沈むからなんです、と彼は水牛用の草が生えた牧草地のはるか向こうに見えるアーカンサス川の方角を指さしながらいった。

彼らは秘密の通路を抜けて大きな丸太小屋に入って行った。小屋に入ってドアを閉めるや、強烈な尿の匂いに囚われた。こくのあるといってもよい香りがさまざまな匂いに再分化し、それぞれの香りが増幅され、それらを鼻がもう一度確認するかのようだった。とりわけ干し草の香りに、餌の主流だったキャベツとカブラの硫黄の匂いが混じっていたが、動物たちは皮膚の表面やお腹のなかにもっと遠くの、異国の樹皮の匂いや、やぶの濃縮した香り、サボテンの樹液、トゲ植物の湿気を貯めていた。オーロラはスミレの甘い香りのする精液の匂いを小刻みに吸っていた。

壁面にくっきりと輪郭を浮かび上がらせて、サイが立っていた。動いちゃ駄目！　といって、園長は舌を鳴らした。まるで地震が起こって断崖絶壁のいちばん大きな岩が彼女の足元にころがって来たかのようだった。影が暗闇から切り離され、彼女の足元に滑り込んだ。自分は迷宮で角の生えた怪物の生贄にされる白衣の少女たちのようにむさぼり食われるのだ、と彼のそばにいながら、観念したオーロラは、一束の枯枝、一抱えの緑草以外の何ものでもなかった。

彼女の手が軽く彼に触れたとき、おそらく肩のあたりだったが、自分は彼を愛撫するようなことにはならないだろうと直感した。こんな風にちょっと触れただけで、彼の体型や彼の性格、彼の熱さを感じ取ることなどできるものではない。彼の皮膚の上で、彼女の手は石をつかみながら山ではないかと恐れるほど盲目だった。彼に触れながら、彼を遠のけていた。

指が勝手に動いて、手が風のように舞い上がった。オーロラはこのすばらしいサヴァンナの景色に見覚えがあった。それはいつまでも雨が降らず、沼地に地割れができ、木々が表皮とトゲだけになり、砂の上を黒い小石がころがるときの光景であった。彼女は空に向かってそびえ立つように盛り上がるアフリカの赤い蟻塚を思い出して、灌木の庭の位置を突きとめ、塩をなめる白い牛たちの鼻づらを眺めていた。燃えるような彼女の熱い手は母親のスカートを握りしめていた。

園長が彼女の腕をとり、彼女の手をサイの口元に押しやった。オーロラは手のひらに鼻づらの感触がしたが、それは吻管《ふんかん》の部分だった。大きくてやわらかい、引き締まった、物をつかめるような唇が彼女の手をなめた。彼女は息を殺して突っ立ったまま、がたがた脚がふるえ、手のなかで息をするたびにあえぐサイの頭と男性のからだにはさまれて生きた心地がしなかった。もはや自分の脚では立っていられず、園長の腕に身をまかせた。彼はオーロラを抱きしめた。サイは野牛のオーロックやマンモスゾウともども、洞窟の壁の向こうに消えていった。

夕陽が沈み、雄大なカンザスの空が薔薇色に染まった。アフリカの大きな動物たちが水を飲みに行く静かな時間帯のサヴァンナと同じ薔薇色の空だった。ゾウがかん高い鳴き声を発し、オーロラの子供時代が当時のままによみがえった。アーカンサス。彼女はこの言葉を繰り返しつぶやいた。それは夕暮れの虹（アーカンシエル）と同じように奇妙な言葉であり、慣れ親しんだ言葉でもあった。動物園は閉園し、二人は風になびく長いインディアン草に縁取られた人気のない囲い地のあいだを歩いていた。ここに残りませんか？　と彼は訊ねた。からだとからだを重ね、唇と唇を合わせたまま、彼女はすでに捕われの身の動物さながらであった。暗い洞窟のなかで待ち遠しくて悲鳴を上げながら熱烈に彼の帰りを待って人生を終えるという考えが、この上なく甘美なものに思われた。

それまでずっと、彼女はそのようなありそうもない機会を探し求めていたのだった。

28

バベットが入ってきた。綺麗に化粧して、髪の毛をセットし、旅行かばんをさげている。身支度したバベットは毅然として、活気にあふれ、別人のようだった。今日からスケジュールがぎっしり詰っている、誰にも有無をいわせず従わせるぞといわんばかりだった。

「それじゃ、みなさん、そろそろお別れしなければならないわ。もう十一時十五分、オレイシオが迎えに来るはずなの」と彼女は腕時計に目をやりながらいった。「数日間、みなさんとごいっしょできて楽しかったわ」と彼女はつとめて嬉しそうに微笑みながら、オーロラとローラをかわるがわる見つめた。出発が彼女を活気づけていた。「ごきげんよう、また会う日まで。いつかミッシング・H大学方面に来られるようなことがあったら、バベット・コーエンを忘れないでね……」二度と会わないことがわかっていても、人はまた会う日まで、などというものだ。

バベットの闘いが再び始まった。彼女はアイシャドーのせいで牡蠣のような薄緑色の目をしていた。頭のてっぺんは偽毛の房でふくらませ、自分の髪の毛は両肩に垂らしている。ハンドバッグのなかをまさぐりコンパクトを取り出したかと思うと、おもむろにおしろいの色を確認し、軽く頬紅をさした。

「あなたって、なんて大きいんでしょう」と、赤頭巾ちゃんがおばあさんのベッドで寝ているオオカミを見たときのような不安気な様子で、オーロラがいった。

「そうね」とお世辞を受けて、バベットは答えた。「ハイヒールを履くと一メートル八十二センチあるわ」

バベット・コーエン教授を先生に持ったりしたらたいへんなことに違いない。床に食い込みながら廊下にこだまする重いハイヒールの音を聞かされ、教室のドアが音高く乱暴に押し開けられるのに耐え、そのあおりでバサバサに乱れた赤毛の髪の毛のまま壇上に立たれると、大きな金縁メガネの奥の薄緑色のうつろな目と対面しなければならない。彼女は決して椅子に座らなかった。せいぜいテーブルの両端ぎりぎりに手をかけ、寄りかかるくらいだった。講義は、女性の歴史が男性の手によって書かれたことがいかに女性たちに大きな不幸をもたらしたかについて検証するものだった。多くの若いアメリカ人女性が押し寄せる「フェミニズム研究」講座の成功はこの点をおいて他になかった。自由と幸福の真只中にいながら、女性には女性の哀しみがある。若いアメリカ人女性たちはこの哀しみを思い起こし、隷属を追悼するために受講に来るのだ。

バベットは自分の母親や妹のことを過ぎ去った社会の最後の犠牲者だと考えていた。彼女は若い女性たち、とりわけミッシング・H大学のすべての若い女子学生たちに、ついでに若い男子学生たちにも知って欲しかった。彼女がアメリカの大学の、この壇上に立って、男女平等について講義するようになるまでにどれだけの苦労を重ねてこなければならなかったか。アメリカに留学する前、彼女は避妊処置のために診察に行った。たまたま彼女の担当となった医者は、避妊具を処方し、まだ彼女が成人に達していないにもかかわらず、すんなりスイスから一個取り寄せてくれた。しかし医者はバベットに、若い夫婦たちが避妊具使用による性生活の満足度について証言する講習会にぜひ参加するようにと勧めた。避妊などという言葉はタブーであり、彼女は性について何も知らなかった。

当時、避妊は激しい抵抗のあった時期で、夕食後のもっぱらの話題だった。講習会の参加者のみんなに信じてもらうため、ひとりの若妻が若い夫に励まされて洗面所へペッサリーを取りに行き、それを実際に手渡しでまわして見せた。参加者たちはその小ささに驚いた。若いカップルは、はにかみながら、どうやってそれをつまんで差し込むかを説明した。バベットは、避妊用ゼリーがついているとすべってつまみにくかったことを憶えている。その上にクリームも塗らなければならないからだった。洗ったあとはタルカム・パウダーを振りかけることも忘れてはならなかった。

参加者たちは大胆にもそれをつけたときの男性あるいは女性の感じ方についてかなり立ち入った質問をしていた。ただ単に男性に対する予防策をもらいに来たに過ぎないバベットにとって、この講習会は想像もしなかった快楽の世界への扉を開けた。彼女が自分の分を取りに行くと、医者はブレスレットを入れる宝石箱のような青いビロードのケースを差し出した。それは中味のクリームやタルカム・パウダーといった付属品とまるで相容れない箱だった。医者は使用前につけるという太いチューブ入りのクリームも二本、彼女に手渡した。

宝石箱はトマト財団の学生寮の洗面台の棚に仕舞い込んだまま、長いあいだ取り出すこともなかった。それでも彼女は恐れていた。もしかしてゴムが朽ちて水が浸みとおるかも知れない。そろそろクリームの使用期限が切れているに違いない。処女を失うようなことがあったら命はないと脅されてきた母親や祖母、ユダヤ一族のすべての女たちと同じように、ババットは恐れていた。それは彼女たちに代々押しつけられてきた耐えがたい恐怖であった。彼女はその恐怖を遺伝的に受け継ぎ、ペッサリーとクリームとタルカム・パウダーをはるばるアメリカまで持って来たのだった。ベッドに縮こまって生理が来るのを待つ彼女は、兄たちに石を投げられて殺されないかと途方に暮れる哀れな少女に過ぎなかった。

ババットには体面を保ちたいという計り知れない欲求があった。艶のある赤毛、ダイヤモンドの指輪、ミンクのコート、ハイヒール、幌付きのオープンカー、クレジット・カード、そして二十年間手入れしてきた庭にいたるまで、彼女にとってはすべてが体面の証《あかし》だった。無報酬の仕事の場合に大学が椀飯振舞《おうばんぶるまい》する肩書だけの権限もすべて体面へのパスポートであった。彼女が野心家であることは誰もが知っていた。厳しく、威張りやで、ぶっきらぼうだともいわれたが、彼女としてはただ自分の体面を表に出して忘れられないようにしているに過ぎなかった。しかしパイロットに捨てられたことで彼女の体面は地に落ちた。一点の隙もなく着飾ったババットが取り戻そうとしていたのは、たかがひとりの男性の愛情などではなく、自らの体面であった。体面に比べれば、愛情なんて取るに足りないものだった。

「許してちょうだいねえ」と彼女はいった。「私だってこんな風に胸の内をぶちまけるのって好きじゃないのよ。でもうちあけ話って、誰に向かってできるかしら？　女の人にしかできないでしょう。女同士じゃないとわかってもらえないもの。結局、私たちにずっしりのしかかる重荷は、私たちみんなで背負い合えばいいのよねえ」彼女はカンザスの台所ですっかりカバンを空にしていた。

認知症にでもなって忘れてしまわないかぎり、老いゆく女性のカバンは重い。そこには人生のすべてが詰まっている。どんなに幸せな女性でも挫折を知らない人はいないし、女性は他の人の人生の重みまで背負っているのだ。母親の人生、妹の人生——亡くしている場合はとくに——、友人の人生……。

「それにその他すべての女性の人生も背負っているのよね」連帯感からオーロラがいった。彼女は次の小説に登場させるエヴァ・ガードナーのことを考えていた。この女性はレイラやローラに少し似ていて、グロリアにもかなり似ていたが、いちばんよく似ているのは彼女自身であった。

「私は女らしさを隠すことしか教えられなかったわ」バベットがしゃべり始めた。「純潔で、好かれるにふさわしく、不潔でも、不快でもなく、臭気を取り除いて、かぐわしく、控え目で、上品でなければならない。そうしてはじめて女らしさを出すことが許されるの。フェミニズム・シンポジウムでも女らしさは目立たないようにしなければならないわね。彼女たちはもうそんなことに触れたがらなくなった。肉体《からだ》は邪魔なのよ」

「熟年というのは女の性が露呈され、誇張される年代よね」バベットは続けた。「お腹や腰が出っ張って、お乳が垂れてくるわ。女性という性が反乱を起こして溢れ出るときなの。あちこちに身がついて、初潮のときと同じように恥ずかしい思いになる。身長はちっとも伸びないのに、体重ばかりが増え、どの洋服も入らないと嘆き、よくもこんな細いのを着ていたものだと我ながら驚いたりする。でもよく考えれば、流行で締めつけられていたからだが自然に戻っただけなのよね」

オーロラは「熟」という言葉の意味を考えた。成熟した、よく熟れた、熟れすぎた……。成熟というのは完璧の域とか達成といった美しい概念だ。でも私は彼女たちとは同じじゃない。私はまだ彼女たちの域に達していない、成熟していない、とオーロラは思った。私は青くさくて硬い、苦くて酸っぱい女でいたい。成熟などしたくない。捉えどころのない、乾燥した花、実を結ばないつぼみでいたい。オーロラの内なる子供が大人になることを拒否していた。熟した女たちの話など聞きたくもない。

ペチコートをはいて、カーディガンのボタンをとめなさい！　一九六二年の暑い夏の盛り、ババットの母親は娘の膨らみはじめたお乳を目立たせないよう、肩を露出させないよう、監視していた。肩ひものドレスは禁止、白いブラウスの下に黒のブラジャーなどからだの線が見える下着などつけるのはもっての外、くぼんだ細いウエストやパンティーのゴムを見せるのもご法度だった。きちんとからだが隠れる服を着なさい。彼女の家は修道院と同じだった。修道女たちは夕方六時になると外出したがらないように鎮静剤を飲まされ、夜は夜で抜け出さないように睡眠剤を飲まされる。

ババットはアメリカ生活が気に入っていた。ヨーロッパ人の良識からすれば公然たる揶揄と非難の的であるあのいわゆる正論に庇護され、少しでも性差別的な言葉をかけようものなら告訴するぞと構えていられるのだ。ババットは無礼な言葉が性、とくに女性の性にばかり向けられるような国へは二度と行きたくなかった。女性たちが罵詈雑言《ばりぞうごん》を避けるためにベールで顔を覆い、人目につかないようそそくさと歩き、うつむきながら性のない老境に逃避したかと思うと、今度はハエさながら新鮮な血に興奮し、娘を疑い、孫娘を槍玉にあげ、メイドをたたく。そんな国は御免だった。ここアメリカはヤシの木陰、機械で刈り込まれた芝生の庭は、女性と老人の天国だった。そして彼女が自分をアメリカ人だと感じるのは、とりわけ、そんな理由からであった。

「お金がたっぷりあるという条件付きだけれどね」とグロリアが口をはさんだ。

彼女は外出着に着替えていた。白人街に住む映写技師の実家の昼食会に行くためだ。今日も例によってパイナップル・ソース付きのハムがふるまわれることだろう。娘のクリスタルはクルミ入りタルトのデザートを食べ終えるやテーブルを離れ、テレビに釘付けになる。脚を組み、うつろな目をして、家族が集まったのは自分のため、自分の言い分を聞いてくれるためではないとばかりにひとり甘ったるい駄菓子をほおばる。そんなときは会話を盛り立て、沈黙を埋めなくてはならない。いちばんにグロリアはどうしていたかと訊ねられる。もうくたくたです、大学がますますたいへんになってきましてね、と返事して毎年繰り返しいってきたように、来年はもうこのシンポジウムも開催できないかも知れません、という。

グロリアは夫の両親から働く女性としてまともに認められていなかった。日によって疲れた女、疲労困憊の女、過労の女、病気の女と決めつけられた。彼女は単細胞の舅や姑がぎょっとするようなからだの不調を訴え、からだをよじって症状を説明した。映写技師はその恐ろしい解説が終わらないうちにソファーにのけぞっている娘のそばに避難する。彼は妻と話し合いたいくせに、リモコンをいじるしか能がなかった。テレビ画面はあきれた映像の連続でクリスタルを夢中にさせているようだった。グロリアはからだの不調を事細かに披露し、舅と姑に息もつかせなかった。

「私が更年期のときは朝鮮人参を煎じてのんだものですよ。とてもよく効いたわ」と姑が口をはさもうとした。

「でも私の場合は更年期なんかじゃないんです」グロリアはすごい剣幕でくってかかった。彼女は舅と姑に必死になってまくしたてた。自分はアメリカ合衆国全土を股にかけ、男性十人分の仕事をこなしている。大学で責任のある仕事が増える一方、世界じゅうのフランス語圏を網羅するフランス語フランス文学会の運営も自分の肩にのしかかっている。アフリカ文学のラジオ放送も開設したし、フェミニズム研究でも先頭を走っているのだ。それなのに姑ときたら、私の仕事の疲れを更年期のせいにしてしまう。

「それがすんだらすっきりしますよ。もうすぐですよ。少し体重は増えるけれど、顔がほてったりしなくなるわ。私は毎晩枕をぬらしたものよ」老婦人はいった。

「うん、そうだった、そうだった」とうなずく舅。蜜蠟で被われているのではないかと思われるほど青白い舅の肌を見て、グロリアは吐き気を催した。妻のぬらした枕カバーを取りかえる中性的な夫の物分りの良さなど想像したくもなかった。

そうなると、もはや椅子を引いてデザートのタルトを皿に残したまま、書きかけの小説がありますので、と退散するしかない。

「そんなに仕事があるというのに小説まで書いているのかい？」とためいきの声を発する舅。

「そうなの、おじいちゃん。気晴らしにね！」

「恋愛小説なの？」姑が訊く。

「そうなんです、おばあちゃん、当たり！」

「題は決めているのかい？」

「ええ、『ねこいらず』っていうの。おじいちゃんはご存知でしょ。ほら、女性が大事な夫を厄介払いするときに使うあの殺鼠剤のことですよ！」なぜ彼女はあんなことをいってしまったのだろう。小説にはちゃんとした題をつけてあるというのに。しかもあの本は彼女のたった一冊の作品だというのに。


映写技師と彼の両親の青白い顔の真ん中で、クリスタルの顔だけが紫檀《したん》のように照り輝いていた。娘の肌の色を問いただそうとするバベットへの答えは明らかだった。そうよ、バベット、思い切っていうわ。クリスタルは黒人よ。

私の可愛い娘、私の黒真珠、私のアフリカの証《あかし》、私のカモシカ、私を嫌いにならないで、お願いだから。あなたには私の血が流れているのよ。肌の色も私と似ているでしょ。私はあなたのために道を切り開いてきたの。あなたのためにアメリカを征服したのよ。あなたはほんの少し頑張って君臨すればいいの、私の王女さまなんだから。娘の上に身をかがめ、耳もとで子供の頃のいとしい匂いをかぐ。彼女の頬に唇をあて、硬いあごの骨が感じられるくらい強く押しつける。唇の先で彼女のつやつやした皮膚をくわえ、口を閉じたまま、目を閉じ、何度も、何度も、愛でる……。

それから映写技師のほうを振り向いて、助けを求めよう。私の悪口ばかりいいふらす助手のバビルーに音をあげているのよと。

「あんなやつ、とっくに首にしておくべきだったんだよ！」と映写技師は言い放って、いつものようにグロリアの肩を持ってくれるだろう。

「バビルーがどうしたっていうの？」不満たらしく口をはさむクリスタル。彼女はバビルーのことをカワイイ！と思っているのだ。そしてとつぜん、悲痛な声で叫ぶだろう。「何てこと、彼は私のたったひとりの友達なのに！」

車に乗ってはじめて、彼女は娘が上の空で自分に差し出した頰を思い出すのだった。映写技師は妻を家まで送ることさえしないのだ。送ってくれれば、戸口で口づけを交わすこともできたであろうに。その口づけで彼がまだ自分を愛していることを確かめられたであろうに。

29

　グロリアはネズミがまだ生きているか確かめようと箱の上にかがみ込んだ。指をあてると、びくっとしたようだったが、とても動いたとは思えない、かすかな反応だった。爪の先でつついても、反応を示さなかった。そこで彼女はキッチンペーパーを取り出した。自分をじっと見つめる三人の女性たちの視線をよそに、そのキッチンペーパーでネズミをつかんだ。ちゃんとネズミが手のなかにいることを確かめると、ぎゅっと握りしめた。オーロラはグロリアの指の関節が白くなるのを見てとった。グロリアは握りしめた手をゆるめたかと思うと、再び握りしめた。オーロラはぽきっと骨が折れる音を耳にした。褐色の体液がキッチンペーパーから滲み出た。

「なんという翻訳！　あっぱれだわ！　フィクションが現実になるんですもの」バベットがグロリアにいった。そしてオーロラに向かって、「フィクションが現実になり、現実がフィクションになるのよねえ」といい、窓を開けようと苦心しているローラに向かって、出し抜けに、「これって映画よりいいでしょ、そうじゃない？」と呼びかけた。

「あなたたちには、うんざりするわ」グロリアが吐き捨てるようにいった。「誰かがやらなくちゃならないでしょう！　私はクリスタルにネズミが死ぬのを見せたくなかったの。私はねえ、私は、娘に動物を殺しなさいなんて、いいたくなかったのよ。ネズミは箱のなかで死にかかっていた。今朝私たちが台所に入ってきたときからすでに死にかかっていたわ。あなたたちだって、何かできたんじゃないの。獣医を呼ぶとか、庭に捨てるとか、トイレに流すとか。私がしたことをあなたたちの誰かがやるべきだったのよ。でもあなたたちは小指一本動かさなかった。すぐそばで生き物が死にかかっていても、コーヒーをすすりながらいつまでもぺちゃくちゃしゃべっていたわね。いつだって誰かが他の人たちに代わって汚い仕事をしなければならないのよ。あなたたちにはあなたたちの不可触賤民が必要なのよね。すでに肉屋さんはいる、掃除婦もいるし、葬儀屋も、獣医も、そして今やペットの殺し屋もいるってことよね！」

「エーテルだったら一滴で眠らせられたんじゃないの？」ババベットが口をはさんだ。

「あなた、エーテル持ってているの？　それじゃ、なぜ使わなかったのよ？」グロリアはネズミのしみがだんだん大きくなっていくキッチンペーパーを握ったまま、まくし立てた。彼女はもう一方の手で引き出しのなかをまさぐり、金色のひもとシルクのリボン、それに光沢のある包み紙を取り出しながら、「あら！」とローラに向かっていった。「あなたの写真があったわ！」と片手にネズミを持ったまま、もう一方の手でローラの写真を振りかざした。彼女はその写真をテーブルの上に置いた。それから靴箱を空にした。

私の写真をネズミといっしょの靴箱に入れないで欲しい。ローラは祈るような思いだった。グロリア、私まで葬らないで！

グロリアはテーブルの前に座って、ネズミの死体をそおっと靴箱のなかに入れた。その箱を光沢紙で包み、金色のひもでくくってから、シルクのリボンをかけ、蝶結びに結んだ。ループは大きく、結び目は豊かに膨らむよう、心を配った。

「それ、プレゼントなの？」とバベットが訊ねた。

グロリアは肩をすくめた。「棺よ。あとでクリスタルのところへ持って行って、ちゃんと埋葬してやるの」

「シンポジウムでもらった花束も添えればいいわ。オーロラに弔辞を書いてもらいましょう。何たって、オーロラは、オール（黄金）＝オ＝ラ（ネズミ）なんだから」とバベット。

「レリスがそんなこと書いているわね」とグロリアがいった。

「正解！」といいながら、バベットは時計に目をやった。

「十一時半だというのに、オレイシオが来ない！」

「窓を開けなくちゃあ、ローラが気絶しそう」とオーロラがいった。

グロリアがリモコンのボタンを押すと、家が大きな吐息をついた。窓が左右に開き、ドアが軸を中心に回転し、網戸がきしみながら巻き上がった。エアコンが止まった。静けさのなかに向かいの教会の牧師の声が聞こえてきた。牧師は光の天使が現われる箇所を読んでいた。『天使は稲妻のように現われ、天使の衣は雪のように真っ白でした』

ローラは窓にもたれて道路を埋め尽くす信者たちを眺めていた。彼らは撮影が終わってちりぢりに離散するエキストラの群れのようだった。キリストが復活した、と群衆は叫び、人々は抱き合っていた。

　バベットはうろたえた。オレイシオは迎えに来ないだろう。彼もまた彼女のもとを去る決心をしたのだ。足の先から頭のてっぺんまで盛装し、大きな旅行かばんを手に、戸口に立ったバベットは、三十年前、クスクス鍋を手に、マルセイユ港でフランスの幻を目にしたときと同じように途方に暮れた。さっき彼が電話してきたとき、グロリアのあてこすりなど聞かせずに、自分が電話口に出るべきだった。彼はとてもデリケートで、傷つきやすい性格なのだ、グロリアにひどく侮辱されたに違いない。もしも彼が戻ってこなければ、彼女は決して自分を許せないであろう。彼は今や彼女の人生でたったひとりの大事な男性だったのだ。

　オーロラがドアを開けた。暖かい外気が彼女を包み込んだ。彼女は家のなかがいかに寒かったかを知った。敷居の上に佇み、向かいの教会で解散する群衆を眺めながら、彼らの喜びを感じていた。黄色いオーガンディーのドレスを着た少女が芝生の縁に沿ってけんけん跳びをしていた。少女はキリストが復活した、キリストが復活した、と歌っている。オーロラはその少女をまるで過去の自分自身を見ているかのような感覚で眺めていた。彼女はその感覚を引き留めておきたいと願いながら、それを失っていた。記憶のヴェールを剝ぎ取らないかぎり、叶いそうになかった。黄色いドレスを着た少女、太陽のように黄色い、金の聖体顕示台のように黄色い、ほんとうに黄色、真黄色の服を着た少女、と彼女は記憶をたどっていた。

　クラクションの音で彼女は我に返った。歩道にレンジ・ローバーが駐車するのが見えた。運転席に、ヒョウのしっぽのついた帽子をかぶった動物園長。小さなチンパンジーが、彼の腕に抱かれ、胸に張りついている。

「これがマベル、あなたにマベルを連れてきました！」チンパンジーを指さしながら、園長が叫んだ。

オーロラは彼に向かって走って行った。しかし夢のなかをゆっくり、ゆったり、スローモーションで飛んでいるかのようだった……。幼い少女が、アフリカで、朝、デリスに向かって走っていた。とつぜんヴェールが裂け、彼女は母親の顔を見た。

訳者あとがき

本書は、Paule Constant : Confidence pour confidence (Paris, Gallimard, 1998) の全訳である。著者の作家ポール・コンスタンは、本作品で一九九八年度、ゴンクール賞に輝いた。ゴンクール賞は日本でもよく知られているように、フランスにおける最も権威のある文学賞で、本書は受賞後、ただちに二十三万部のベストセラーとなり、マスコミに大きく取り上げられた。同年度のフランス・テレビジョン・小説賞も受賞している。現在では六十万部をこえるロングセラー。パリのガリマール社から世に出て以来、今日までにすでに世界二十四カ国語に翻訳されているが、日本語には本書が初めての翻訳である。

まず著者のポール・コンスタンを簡単に紹介しよう。

ポール・コンスタンは、一九四四年、フランスの大西洋岸ピレネー山脈のふもとにある小さな町、ガンに生まれた。幼少時から父親の医療活動に伴い、人生の多くの時間を、南米のフランス海外県ギアナや、アフリカ大陸の国々、アジアではラオス、カンボジアなど、フランスの旧植民地で過ごしている。フランス本国から遠く離れたこれらの長い外地での居住体験が、のちの彼女の著作に大きな影響を及ぼしていることは想像に難くない。フランス政府の文化使節としてインドに滞在したり、アメリカの大学で客員教授の経験もしている。ウディ・アレン監督夫妻とは長年家族ぐるみの親交があり、その文体には共通のユーモアがあるといわれる。日本には一九六九年に新婚旅行で訪れている。生涯を通して、フランス国内に留まらず、文字通り、世界じゅうを住みかとするスケールの大きさがある。そして国や文化の違いを越えた世界共通の問題をその確かな目で観察し、常に、虐げられ、差別された恵まれない弱者の側に立つ。文学のテーマは植民地問題、人種差別、性差別、人権問題、冤罪、女子教育、そして、女性はいかに生きるべきか。アフリカの大地から創作のインスピレーションを受けるという。

一九八六年には、パリ第Ⅳ大学ソルボンヌ文学部にて、十六~十九世紀における貴族の子女教育研究で博士号を取得。翌年、その博士論文をもとにした膨大なエッセー、"Un monde à l'usage des demoiselles"が一九八七年度フランス・アカデミー・エッセー賞を受賞。シモーヌ・ド・ボーヴォワールやエリザベート・バダンテールの流れを汲むフランス・フェミニズム作品のひとつといえよう。長年南仏プロヴァンスにあるエックス・マルセイユ大学（セザンヌの生地であることから、ポール・セザンヌ大学ともいう）で教鞭をとり、同時にフェミナ賞や、フランソワ・モーリアック賞など十四、五の文学賞の選考委員を務めている。訳者は十年ほど前、偶然、パリでフランス俳句コンクールのチラシを見て、ポール・コンスタンが審査員に名を連ねているのに感嘆したものである。ちなみに一等賞は正岡子規の生まれ故郷、松山訪問を含む日本ツアーとあった。

二〇〇〇年に自ら提唱し立ち上げた「ジャン・ジオノ南仏作家センター」では、フランス文学を広く一般に広めたいという思いから「フランス文学の小学校教師」を自称し、毎年エックス・アン・プロヴァンスで「南仏作家たちの集い」を主催、文学賞の授与、講演会、パネルディスカッションを公開している。訳者の参加した二〇一二年の集いでは、フランス内外の二十八人の作家たちがその年の議題、「創作の道」について講演した。集いの最終日の夜、ドン・キホーテの生涯を描いたタピスリーが飾られているタピスリー美術館で会食があったが、主催者ポール・コンスタンの細やかな気の配りよう、とりわけ九十余歳の老作家たちへの手厚いもてなしに心を打たれたものである。かつてはフェミニズムに傾倒したばりばりの知識人作家の真実の姿を目の当たりにした思いであった。

著者は、南フランス、エックス・アン・プロヴァンスに、夫と二人暮らし。愛犬のブルドッグ、ジュスティーヌの存在も大きいようだ。二女の母。甘いフェースに黒髪の優雅なたたずまい。決して軽くないこのような作品群を生み出すエネルギーがどこから湧いてくるのか不思議でならない作家である。

主な著作を次に掲げる。全作品がパリのガリマール社から出版されている。本書がゴンクール賞を受賞する前にすでに三冊が最終候補に残ったほか、フランスのあらゆる文学賞を総なめにしているといっても過言ではないであろう。

一九八〇年　Ouregano, 小説〈Folio〉no.1623（ヴァレリー・ラルボー賞）
一九八一年　Propriété privée, 小説〈Folio〉no.2115
一九八三年　Balta, 小説〈Folio〉no.1783
一九八七年　Un monde à l'usage des demoiselles, エッセー〈Folio〉no.3807（フランス・アカデミー・エッセー賞）
一九九〇年　White spirit, 小説〈Folio〉no.2364（フランソワ・モーリアック賞）、（リュテス賞）、（ジャン・ボーメル賞）、（フランス・アカデミー小説賞）
一九九一年　Le grand Ghâpal, 小説〈Folio〉no.2520
一九九四年　La fille du gobernator, 小説〈Folio〉no.2864
一九九八年　Confidence pour confidence, 小説〈Folio〉no.3349　本書『うちあけ話』（フランス・テレビジョン・小説賞）、（ゴンクール賞）
二〇〇三年　Sucre et secret, 小説〈Folio〉no.4090、仮題『蜜と秘密』（国際アムネスティ人権擁護小説賞）
二〇〇七年　La bête à chagrin, 哲学的スリラー〈Folio〉no.4715

二〇一三年　C'est fort la France, 小説

ゴンクール・アカデミー会員に選出され、ゴンクール賞の審査員となる。

ポール・コンスタンの著作は長い時間をかけてあたためため、出版は四、五年に一冊のペースだという。彼女の小説技法には、さまざまな文学的妙味がある。そのひとつは、人物再登場の妙味。たとえば本書『うちあけ話』の登場人物のひとりである作家のオーロラ・アメールは、次の作品"Sucre et secret", 2003、仮題『蜜と秘密』では、同じフランス人作家だが、語り手として登場し、彼女の人生の別の側面が描かれるのである。これはバルザックの小説に見られる文学的手法で非常に興味深い。また作品が、外部とは遮断された出口なしの密室を舞台として、限られた時間内に展開する非公開の物語であるという設定（huis clos）も見逃せない。本書『うちあけ話』は、窓もドアもコンピューターでロックされた台所が舞台であり、前作の"La fille du gobernator", 1994、仮題『看守の娘』では、フランスのマルセイユ港からギアナのカイエンヌ港まで囚人を運ぶ船のなかで、看守の娘が囚人たちによって一人前の女性となるべく教育される。また次の作品、仮題『蜜と秘密』の主人公は、無実の罪で九年間、死刑囚棟に幽閉されている。

さて、このフランス人作家の手になる本小説は、われわれをアメリカは中西部、カンザス州にある架空の大学町、ミドルウエイへと誘う。物語は、魔女狩りをテーマにした国際フェミニズム・シンポジウムを終えた四人の働く女性たちが、そのひとりであるシンポジウム主催者の家で一夜を明

かし、翌朝、目覚めてから正午前に別れるまでの、ほんの数時間のあいだに交わした会話と追想が題材となっている。舞台は、ミドルウエイの黒人街にある建売住宅と思《おぼ》しきモダンな木造家屋の、客間や書斎ではなく、殺風景な台所だ。

女性は三人寄れば姦しいといわれる。井戸端会議が好きだともいわれる。ところで、偶然顔を合わせた密室で、二、三時間、しゃべって時間をつぶすしかないような非日常のなか、この先もう会うこともないかも知れないといった気楽さから、普段なら誰にもうちあけないような胸の内を一歩踏み込んでさらけ出してしまうというようなことはないだろうか？　こんなことは、洋の東西を問わず、年齢を問わず、男女を問わず、誰にでもあるであろう。少なくとも女性にありがちなことは万国共通である。自分をさらけ出すことで、心の重荷を軽くし、明日に向かって一歩前に踏み出すはずみとなる。

宿を提供したのは現地カンザス大学でフランス語を教える黒人のアメリカ人教授で、フェミニズム学会の創始者。泊まり合わせたのは、パリでアフリカを舞台に小説を書いているフランス人作家と、元絶世の美人女優で今や老いさらばえたとはいえ他の三人よりほんの少しだけ年長の五十代のノルウェー人、そしてアメリカの別の大学でフランス語を教えるユダヤ系フランス人教授で、気鋭のフェミニズム理論家。馴れ初めも、友情や信頼度、互いのわだかまりも異なる四人のいわばキャリア・ウーマンたちが、束の間、出口なしの密室で顔を合わせる。あるじにコーヒーをふるまわれながら、誰からともなく、期せずして胸の内を明かし、心をぶつけ合う。ユーモアあり、皮肉ありの本音が飛び交い、うちあけ合戦さながらに辛辣な応酬で傷つけ合う。しかし、互いに惹かれ合ってもいる。二人が三人、三人が四人になると微妙に違ってくる会話、そして会話の端々から繰り広げられる追想が順繰りに三人称で綴られる。熱を帯びてくるとたちまち一人称になることもある。追想はほんのいくつかのエピソードを拾い上げているだけのようで、いつの間にか、四人それぞれの生き様や関係性が鮮明に浮かび上がってくる。生まれ育った国も、背負った過去も、築いたキャリアも異なる四人の女性たちは、共通して、疎外感にさいなまれるふるさと喪失者、デラシネであり、心の奥にトラウマを抱えていた。やがて迫りくるであろう老いを前に、思い通りに人生を歩み、並々ならぬ努力によって夢をかなえ、自由を手にし、自信に満ちていたはずの自分たちの生き方が、じつは重い過去を背負った不安と孤独の人生であったことに気づき始める。

著者は、仕事面では成功しながら、愛する人や家族にそっぽを向かれた女性たちの友情の限界や葛藤を暴露しながら、同じ屋根の下で一夜を明かすという偶然から、はからずも自分の弱点を認め、互いに胸の内をうちあけ合うことで、自分の原点を見つめ直し、明日への活力を見出していこうとする女性たちの健気さ、逞しさを諷刺とユーモアたっぷりに描いている。他者と向き合うことは、取りも直さず自分自身と向き合うことなのである。訳者の耳には二〇一二年、著者の口から発された次のような言葉が鮮明に残っている。「この作品は鏡のようなものです。登場人物が互いに胸の内をうつし合うという意味でも、また物語が私たちをうつし、私たちの社会をうつし出しているという意味でもこの小説は鏡なのです」

鏡はすべてをありのままにうつす。風刺に満ちたユーモアのなかに女性であることの哀しさや優しさ、その驚くべき強さが伝わってくるが、その醜さや、さもしさも、情け容赦なくうつし出されている。そんな普段われわれが見逃している、いや目を瞑っている人間の深層心理をあからさまな認識として暴いてみせる著者の手腕に、多くの批評家たちが「本音の話、真実の物語」と賛辞を惜しまない。たとえば、ベルギーのマリー＝ロール・ローラン氏は、ゴンクール賞受賞後間もない十一月十二日付けのルクセンブルグ・ヴォルト紙に「この作品はドストエフスキー小説の心理描写を想起させる。さらに加えてコンスタンにはユーモアがある」と称えている。また乞食とか売春婦といった居場所のない弱者の生き様、さらに同性愛やフランス知識人層のセクハラ、アメリカの黒人差別、ベトナム戦争、アルジェリア独立の問題といった社会の暗部がうつし出され、著者の痛烈な社会批判が垣間見える。

尚、本書の題は、夫に去られたフランス人教授が、出発する前に吐いたせりふからきている。「許してちょうだいねえ。私だってこんな風に胸の内をぶちまけるのって好きじゃないのよ。でもうちあけ話って誰に向かってできるかしら？　女の人にしかできないでしょう。女同士じゃないとわかってもらえないもの。結局、私たち女性にずっしりのしかかる重荷は、私たちみんなで背負い合えばいいのよねえ」認知症にでもなって忘れてしまわない限り、老いゆく女性のかばんは重い。四人四様、それぞれにかばんを軽くした女性たちは、明日に向かって、昨日よりは足取りも軽く、歩んで行くことだろう。

この作品のオリジナリティーのひとつは、登場人物の名前の付け方にある。四人の女性たちにはそれぞれ意味のある名前がつけられている。一夜の宿を提供する黒人のアメリカ人教授は、ひたすら栄光、グローリーを求めるので、グロリア、虐げられたアフリカ人女性を主人公にパリであまり売れない小説を書くフランス人作家は、苦いという意味の名字、アメール、もはや男性に振り向かれなくなったノルウェー人元美人女優は、いつまでも人形のようにカワイイ少女のようでいたいのでドール、アルジェリアの独立で祖国に引き揚げたユダヤ系フランス人教授は、ずばりユダヤ人に非常に多い名字、コーエンとなっている。

反面、男性たちは、ホモセクシュアルの大学助手二人を除き、名前も与えられず、個性や心情も掘り下げられず、単にパイロット、映写技師、役人、医者、動物園の園長と呼ぶにとどまっている。

これは男性優位の社会に異を唱えるフェミニストたちのカリカチュアの試みとはいえないだろうか？　つまり男性を排除した場合、女性たちはどうなるだろうか？　文章からひしひしと伝わってくるのは、男性への限りない憧憬である。彼女たちの偽らざるつぶやきは、愛の渇望から発せられるのである。フェミニズム・シンポジウムに端を発し、フェミニズム要素満杯のこの物語で、真のフェミニストを見つけるのはむずかしいように思われる。気鋭のフェミニズム理論家、バベット・

コーエンは夫に去られても強気な姿勢を通そうとするが、読むほどに彼女の夫への未練が痛々しく響いてくる。フェミニズム学会を引っ張るグロリアも、別居中の夫と娘のことが気にかかって仕方がない。さらに友人のフランス人作家の作品を盗作してまで自らのさらなる栄光を画策している。他方、フランス人作家と、シンポジウムで彼女の作品を朗読するノルウェー人元美人女優は、それぞれ違った形ではあるが、むしろ男性に依存した生き方をし、フェミニズムとは対極にいる。彼女たちの集いの場所が台所というのも象徴的である。つまりこの小説は、結果的に、フェミニズム批判の作品となっているように思われてならない。著者自身は、ゴンクール賞受賞当時のインタヴューで、次のように語っている。「アメリカン・ドリームが破れ、フェミニズム運動が衰退した現代の女性たちをありのままに描いた。審査員の大多数が男性から成るゴンクール賞に選ばれたことに驚き、感激している」

鏡のように互いの心をうつし合い、社会をうつし出す本小説は、バルザックの人間喜劇のように、ときにはウディ・アレンの映画のように、深刻なテーマを扱っているように思われるときでもすぐれて娯楽的である。本音が飛び交い読む者を堪能させるポール・コンスタンの小説が日本でも広く、多くの年代層の人々に読まれることを期待している。

翻訳出版にあたっては、今回も多くの方々のご厚意にあずかった。訳者には初めてだったポール・コンスタンの原書を下さったパリのジャクリーヌ・コーエン‐タンヌージ氏とリズベット・サラガ氏、東京のコリーヌ・カンタン氏。フランス語のニュアンスを教えて下さったマーシャル・デュクロワ氏夫妻、夏目幸子氏、ガエル・フレネアール氏。また長い間さまざまな形で応援して下さった芝田晴美氏をはじめ、森口親司氏夫妻、山本一如氏夫妻、ヴァイガーズ相浦ピアズ氏夫妻、そして家族に感謝します。

最後に、人文書院の谷誠二氏には訳稿の段階からひとかたならぬご協力をいただいた。多岐にわたって多くの貴重なご教示を下さり、また豊かな感性でジャケット装画に前田マイコ氏の作品のひとつ「ウーマン」を選んで下さった。制作担当の佐藤良憲氏はすばらしい装丁の本に仕上げて下さった。人文書院のお二方に心よりお礼申し上げます。

二〇一四年十二月

藪崎利美

訳者略歴

藪崎利美（やぶざき・としみ）

1966 年大阪外国語大学（現大阪大学）卒業後、同大学専攻科を経て 1967〜68 年パリ大学ソルボンヌ文学部 IPFE（Institut des Professeurs de Françàis à l'Etranger 外国におけるフランス語教師養成所）にて現代フランス文学専攻。1974〜75 年パリ第Ⅳ大学同上養成所、1977〜78 年ニューヨークのコロンビア大学文学部にて外国語教授法を学ぶ。その後もフランスに長期、アメリカに短期滞在し、翻訳に携わる。

主な訳書

フランソワーズ・アンブレ『夜明けの散策』（1997 年、人文書院）

アニー・デュペレ『運命の猫』（2002 年、人文書院）

アルノー・ドネー『ナポレオン、島々の皇帝、流刑の皇帝』（2005 年、東方出版）

ルイ・マルシャン『ナポレオン最期の日』（2007 年、MK 出版）

Printed in Japan

ISBN978-4-409-13037-7　C0097

うちあけ話《ばなし》

二〇一五年一月二〇日　初版第一刷印刷
二〇一五年一月二五日　初版第一刷発行

著者　P・コンスタン
訳者　藪崎利美
発行者　渡辺博史
発行所　人文書院
〒六一二-八四四七
京都市伏見区竹田西内畑町九
電話〇七五・六〇三・一三四四
振替〇一〇〇〇-八-一一〇三
印刷　創栄図書印刷株式会社
製本　坂井製本所

http://www.jimbunshoin.co.jp/